汉宝德
人文系列

散步　亚洲建筑

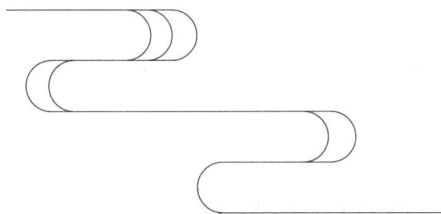

汉宝德——著

黄健敏——主编

长江出版传媒　长江文艺出版社

图书在版编目（ＣＩＰ）数据

　　亚洲建筑散步 / 汉宝德著 ；黄健敏主编. -- 武汉 ：
长江文艺出版社， 2021.1
　　（汉宝德人文系列）
　　ISBN 978-7-5702-1704-5

　　Ⅰ. ①亚… Ⅱ. ①汉… ②黄… Ⅲ. ①散文集－中国
－当代 Ⅳ. ①I267

　　中国版本图书馆 CIP 数据核字(2020)第 140247 号

责任编辑：孙　琳　梅若冰　周　阳　　　　责任校对：毛　娟
封面设计：壹诺　　　　　　　　　　　　　责任印制：邱　莉　杨　帆

出版：长江出版传媒 | 长江文艺出版社
地址：武汉市雄楚大街 268 号　　　　　邮编：430070
发行：长江文艺出版社
http://www.cjlap.com
印刷：武汉市金港彩印有限公司

开本：640 毫米×970 毫米　　　1/16　　印张：16.25　　　插页：2 页
版次：2021 年 1 月第 1 版　　　　2021 年 1 月第 1 次印刷
字数：147 千字

定价：48.00 元

目录|CONTENTS

自 序

我早年写旅游文章乃以欧游为主，大多是对都市空间与建筑的省思与感怀。在西方文化发源、成长的欧洲，我的心情是严肃的，抱着学习与广大见闻的态度，印证自书上所学的知识。至于在亚洲的旅行，心情就完全不同了。

在亚洲旅行，可分为三部分。第一是东北亚，也就是韩国与日本。在早年，政治环境所限，要想赴大陆旅游以验证所学的古建筑是不可能的。想看中国体系的古代建筑只有到当年受中国影响的韩国、日本去，尤其是日本奈良的古迹，有很多是研究中国建筑史不能少的材料。除此之外，则属于边缘性的知识。在大中国观念的偏见下，韩国与日本的建筑虽然也很精彩，却不在建筑学的课程之内。所以二十几年前，我去日、韩，大多是为公务，不是开会就是考察，观光则是公务之暇随便逛逛，虽然这两国对古建筑的保存令人感动，但我对古文物的兴趣，有时还超过建筑呢！

第二是东南亚。坦白地说，在二十年前，台湾处境虽甚困难，但对菲律宾、中南半岛，甚至印度等地实在是看不起的。

这是文化歧视。我去泰国、新加坡、马来西亚，回国来就没有写过一篇文章，因为总觉得乏善可陈，找不出一个文章题目来。今天想想是非常懊悔的。

印度有所不同，由于它是四大古文明之一，我很想往访，很长一段时间未能遂愿，直到一九八六年才如愿以偿。东南亚另一个令人向往的地方就是吴哥窟，由于一直在动乱中，我望眼欲穿却无法成行，直到几年前安定了才与一群朋友一起去瞻仰胜迹。我是怀着敬畏、感动的心情去参观这些石造纪念物的。在人类文化的类型中，这里是我们的近邻，在精神上却是最遥远、最神秘的。

第三部分是两岸关系逐渐开放后，到大陆旅行所写的游记。这一部分写得比较晚，数量比较多，因为九十年代之后，大陆成为我们主要的旅游目标了。

到大陆，一方面是寻幽探胜，一方面是寻找失落的文化源头。写旅游文章，不会想介绍名胜古迹，因为这些旅游景点、建筑史迹，大家都已耳熟能详了。所能写的是因景生情的感怀。所以去了北京，不写宫殿苑囿，却写圆明园的几块残石；去了江南，不写苏州园林之盛，却写少人知道的无锡寄畅园。

本书的出版，仍由健敏主编，文章与照片也是他选的，有些日、韩之旅的文章曾由九歌出版社收在《风情与文物》中，所以这本书就由九歌出版。与《欧洲建筑散步》比较起来，本书的图版所占分量不算多，比较接近九歌的风格，多谢蔡文甫兄能接受这样一本以图片为主的为年轻朋友改编的书。

汉宝德

二〇〇六 于世界宗教博物馆

圆明园的几块残石

　　大陆开放后，自一九九二年始，我到过北京多次，名胜古迹、宫殿市街大多都浏览过，并没有什么特别的印象。因为以我教授建筑史的背景，那些著名的景点，早通过书上图文资料反复研究，已相当熟悉了。去参访，是亲身验证，并没有惊艳的感觉。只有一个地方使我念念不忘，而且多年来一直放在心上想进一步了解的，是圆明园西洋楼的一堆残迹。

　　在残迹的前面，我一面拍照，一面在想，英法联军打进圆明园，焚烧中国式的亭台楼阁泄愤是可以想象得到的。他们来到西洋楼，看了这样精致的西洋建筑，怎么忍得下心把它们破坏呢？而且石造的建筑是不容易被火烧掉的，他们是怎么蓄意把这样一大片楼房彻底毁掉的呢？

　　我对这些外国人自称为文明国家的行径，实在无法了解。可见战争是会使人性泯灭的。后来我查阅数据，知道他们当时可能只是放了火。圆明园规模很大，其主要的殿阁非常华丽，英国人烧园也花了不少心思，可能根本没把小小的西洋楼区放在眼里。世人今天对于西洋楼的了解，

圆明园西洋楼
残迹

是通过外国人所雕制的铜版画。若干年前我曾在一位收藏家处看到一套，他是自国际拍卖会上买回来的。当时他曾问我可否做一次展览。我觉得台湾的民众对圆明园已陌生了，对西洋楼的铜版画不会有什么兴趣，如果能做出立体模型，也许可以激起大家的好奇心，后来就不了了之了。过了些日子，拍卖会上出现了圆明园西洋楼上的动物铜雕，为台湾的大收藏家买来，当时我觉得太贵了，因为中国工匠做西洋式写实雕刻虽为郎世宁所督造，但并不地道。这些动物头是海晏堂前水池上陈列的十二生肖。

　　由于圆明园的规模非常大，民国之后，就成为公私各方面取材的矿场。可想而知，建筑物的木材与砖瓦光了，可是基础、台阶等石材仍然可观。石材的刻工以西洋楼最精彩，好在上面的花样有外国味，中国人不习惯，所以没有被拆得精光。于是连偷带抢，当地人不停地运了几十年，把整个圆明园都翻过来了，偷到一无所有，却还剩下西洋

郎世宁绘稿的西洋楼铜版图
之一——养雀楼西立面

郎世宁绘稿的西洋楼铜版图
之一——谐奇趣南立面

楼的几块石头。而经过民国以来到今天，大部分的圆明园已经变成农田了，这几块石头竟然成为圆明园仅剩的纪念物，岂不令人喟然而叹！

我所看到的，是大陆改革开放后重新整理过的西洋楼遗址了，唯一立在地面上的，是南北主轴线上的主建筑，远瀛观的几根柱子，与它前面的大水法正面的牌楼，及其对面的石屏风。

西洋楼在圆明园东北角，是三园之一长春园的一部分，占了该园北边东西向的一长条。自远瀛观的柱子到大水法的屏风，大概就是西洋楼地区的宽度。在这地区，自进口的西面处，有谐奇趣与万花阵，旁边依次为方外观与西向的海晏堂，正中的远瀛观与大水法，向东则是线法山，一

个方形的大水池，及最东面的线法墙。线法山前后有两座
面西的牌楼。这些都是复原图上看到的，今天都不存在了。
　　西洋楼有三样东西是建筑之外的附属设备，是西洋宫

长春园一隅

方外观残存的几根
柱子

谐奇趣残迹

西洋楼铜版画中的方外观

廷中少见的玩意儿，必然是郎世宁、蒋友仁等人玩的花样。
那就是：一、机动的喷水池；二、迷宫式花园；三、透视
法的虚幻造景。

今天我们在建筑学上称为透视法的，在清代称线法。
意思是两条线有一个交点，看上去就有深度。好像站在一
条路中向前看去，越远处越窄。这是文艺复兴时期发现的
原理，西洋画逼真就是根据这个原理。可是西洋人把这原
理用在画上，后来也用在舞台上，却很少用在实境上。我
在欧洲只见过梵蒂冈有一个楼梯及一个走道，故意做得进
口宽、出口窄，看上去好像很深远。出口处有一尊小雕像，
给你高大雕像的幻觉。郎、蒋等人当然知道这些技法，逮
到自由发挥的机会就在这里表演起来了。尤其在线法墙上，
在层层退后的墙壁上作画，构成一个立体的透视图，与舞
台设计一样，远远看去好像一条欧洲的市街。在建成时，

相信会深得乾隆皇帝的欢心吧！

迷宫式花园在欧洲较多见，当年的宫殿庭院中的几何花园是为了美观，可是迷宫可以供宫中的男女捉迷藏，不知这个万花阵曾否供皇帝与宫女们嬉戏、游玩。至于机械式喷水池也是欧洲宫殿中少见的，机械动作是从钟表发展出来的，自十六世纪以来，欧洲人就用钟表的原理做玩具，尤其是八音盒，在贵族生活中已相当流行。可是用机械控制按时喷水，并以生肖造型代表时辰，设计师们玩得实在太开心了。西洋楼中有数处水景，以海晏堂前的水池与大水法的水景最为重要。可惜这些机械都被破坏了，否则倒是具有国际性价值的古物。据说，大水法中的机械装置不但有时钟，而且还有动物游戏呢！

回头看看剩下来的几块石头，主要是对着大水法喷水池的墙面，为什么偏偏留下这两面墙呢？实在无以索解。我仔细研究这些石头，做了以下的推论。这两个墙面太特殊了，对拆除者没有用处。西洋楼大部分石材是建筑物上使用的，

海晏堂残迹

无非是柱梁、窗框、拱门及壁面的装饰，或墙壁的砌石。这些材料拆走后可以使用在其他建筑上，所以先后被军阀或地方恶霸搬走。可是大水法并不是建筑物，是大水池正面与对面的两个屏风，无法直接使用在正式的建筑物上。

不但当墙壁用不妥，其雕刻图案也不合用。以观水法

西洋楼铜版画中的海晏堂

西洋楼铜版画中的线法画

园内的迷宫花园

迷宫式花园一隅

的屏风来说，原有五片雕刻版嵌在六根柱子中间，上面还有压梁，形成一个壁面。经过长年的拆卸，有用的四根刻有简单花样的柱子不见了，五个雕刻版及两支边柱仍在。我推断，因为雕刻的图案是纯欧洲君王所喜欢的主题，由西式的头盔、军刀、盾牌与大炮组成，实在不合国人的口味，基于此一理由，我也推断，在西洋楼的雕工中，确有西方人在内，因为想不通在一个游乐性的宫苑里，作为教士的蒋友仁会指挥中国工人雕出代表西方军国主义精神的图案，类似的图案我只在柏林的前德意志帝国陆军部大厦上看到过。

　　至于大水法正面的屏风原来就是一个布景，所以彻头彻尾是石雕的装饰，既不能当门用，也不能砌在墙里。整个架构像西文字母W。所以就把它丢在那里了。很幸运，今天看来，它可能是西洋楼最有趣的一组石雕。老实说，我站在它的前面，颇受感动，因为我走访了欧洲大部分的巴洛克皇宫，没有看到如此精美的雕饰。

迷宫花园中央的西
洋亭

观水法的屏风残迹

　　同样的理由可以解释远瀛观所留下的几根柱子。远瀛
观是一座宫殿，材料大多是可用的，可是它的正面入口处
的雕凿特别华丽，不但拱门的装饰十分繁复，突出墙外的
两根柱子通体都是类似西洋葡萄叶的浮雕。由于雕凿过甚，
并没有美感，而且也不宜在一般建筑上使用，只好丢在这

里，供我们凭吊了。

这几块残留的石头为西洋楼的石刻工艺留下了蛛丝马迹。可惜到目前为止没有看到有人对它做过详细的研究。圆明园的西洋楼是中国近代史上的偶然，但是在中西文明交流史上应该占有重要的一页。它是外国人所带来的，又为外国人所毁灭，具有象征的意义。我认为学术界至少应该比较西洋巴洛克建筑的石雕与西洋楼石雕装饰间的分别，看出中国的品味为何与西洋的装饰相融合。如此繁杂的装饰是不是都出于蒋友仁等外国人之手呢？每一个细节都出于新创，实在令人敬佩！

有西式头盔、军刀、大炮装饰的屏风柱

大水法残存的
屏风

　　今天大家提到欧洲的巴洛克建筑，总以为欧洲到处都
有装饰富丽的宫殿，其实是误解。法国的巴洛克建筑几乎
是极少雕饰的，意大利是巴洛克的原生地，也不过多用些
曲线，壁上多些装饰。倒是当时文化相对落后的西班牙与
德国，巴洛克建筑繁饰得使人眼花缭乱。而且雕饰大多用
在教堂上，宫殿通常还是很清爽的。我看到的欧洲最美丽
的巴洛克宫殿，可以勉强与西洋楼相比较的，是位于东德
的德勒斯登 Zwinger 宫①。此宫比西洋楼早了半个世纪，有
甚高的艺术价值。

　　就我所见所闻，我们不妨说，圆明园的西洋楼，是巴
洛克建筑中，包括西方在内，最华丽、最有装饰性的。但
它与西方的巴洛克有明确的区分。

　　首先，也是最重要的区分，是西方巴洛克建筑上的雕
刻乃以人像为主。柱子上、墙壁上、屋顶上，处处都是人物，

---

　　① 编者注：即德累斯顿茨温格宫（Der Dresdner Zwinger）。

有英雄、有天使、有美女。其他的装饰大多是衬托人物用
的。人像装饰的传统有两千多年，开始于古希腊的女神柱。
其艺术水平在于雕像的完美与否，与建筑配合得适当与否。
可是圆明园的西洋楼上的装饰虽然富丽，却没有一个人像。
我仔细查看了铜版画，只见植物，没有动物，更没有人物。
人物雕刻本不是中国人喜欢的艺术，而且在技术上也比较
困难。郎世宁等人可能入乡随俗，迁就中国人的习惯，舍
弃了人像。

　　其次，在植物性的装饰中使用了与结构无关的纹样。
西方巴洛克建筑的装饰都是强化柱、梁、拱的感觉，或悬

2005 年时的大水法状况

1900 年时的大水法状况

挂在结构上。即使是烦琐得令人生厌的西班牙南部的巴洛克，也是结构分明的。可是圆明园的西洋楼的刻饰，常把植物的图案，如爵床叶、葡萄叶等设计在框架之内，使用如意纹一样的线条，形成特殊的中国风格。从大水法的石屏风看，设计的灵感似乎出之于中国的细木工，或家具的装饰，实在不像是建筑的一部分。

最后，西洋楼的每栋建筑都有个中国式屋顶，有时还是重檐的。这一点说不定影响了欧洲王室的建筑。在德国以北的欧洲王宫中偶尔会看到有点中国味的建筑，特别是微微起翘的屋顶。而西洋楼中虽然处处使用了西洋巴洛克的牌楼

西洋楼大水法局部残迹

大水法牌楼的背面

大水法残景

式正面，却不忘中国建筑的柱子，所以才有远瀛观劫余的独立的柱子。巴洛克建筑少用立柱，是因为单独的圆柱不容易装饰得理想。远瀛观的这两根柱子就是失败的例子。

我在残余的大水法的牌楼前面徘徊良久。北京的阳光明亮，像地中海的天空，使这块残留的石头发出灿烂的光辉。正门上面的雕饰不见了，可是一个如意形的拱，罩着一道花瓶形的门洞，使用西洋的雕艺，希腊的优美比例，组合出中国的情怀。厚重的线脚，在阳光照射下，线条的构图显得特别生动。头部与脚部所装点的西方纹样，葡萄叶与藤，以及贝壳的造型，都恰如其分。这些消化了中国味的西洋传教士为什么把牌楼做成这样美丽的连续曲线呢？

我走到牌楼的后面，发现刻了不同的纹样。花瓶门不见了。在如意形的轮廓内，贝壳饰带动丛叶、簇花的设计，非常精彩。下面的两个支柱，则使用古玉的优美曲线勾出

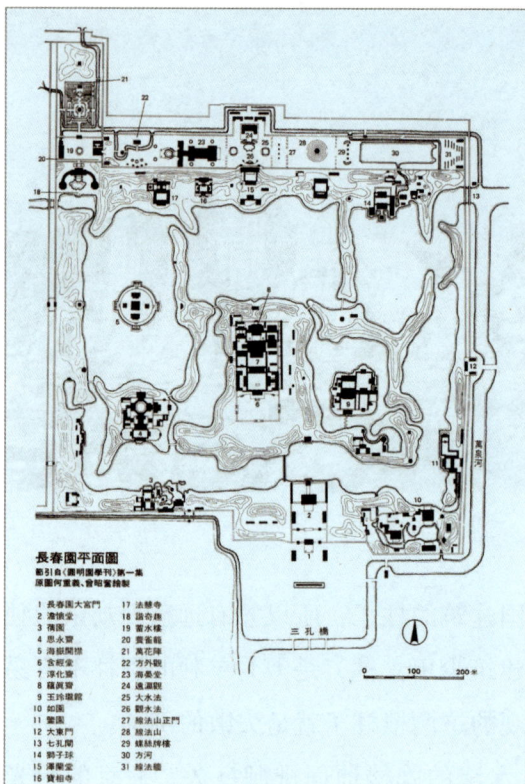

圆明园中的长春园平面图，上方区域即西洋楼区。

两只对立的龙首。这可能是我看到的最美丽的巴洛克装饰，比欧洲的人物雕像要高明得多了。

　　西洋楼如果没有被毁，将是中西建筑艺术融合的重要典范。二十世纪来临，西洋建筑在天津、上海等商埠大量侵入，居然没有起一点融入中国文化的念头，实在令人感到遗憾。直到今天的台湾，建筑主流思潮仍然是在追逐西洋的风潮。站在圆明园这几块残石的前面，抚今追昔，感慨万千！

（本文图片由黄健敏建筑师摄影）

游寄畅园

　　一大早，自苏州出发，驱车向南京开去。早一点走，是因为打算在途中看看无锡的寄畅园。司机是上海人，他的老板是我的学生，在上海开建设公司。这次奉命为我开车，态度很恭谨，处处为我着想。他经常在京沪间开车，但是只曾多次路过无锡，至于寄畅园，他没去过，也没听过。京沪公路开得不错，虽然仍有多段在施工中，但没有耽误多少时间，一个多小时就到无锡了，可是到了无锡地界却找不到寄畅园，无锡这几年已经发展为工业城，到处开了些大路，已经看不到太湖边那个古老市镇的影子。我本希望在苏州没有见到的古老市街，可以在无锡见到，我本希望一旦看到无锡的古城，就可按着古迹名园的指示牌，轻易地找到寄畅园。这样鼎鼎大名的一座古园，应该很容易找到才对。可是几条新开的大道早已把老城分解，即使向路人请教，仍然花了不少时间，东转西弯，在完全迷失了方向之后，才来到惠山公园。站在公园门口的牌楼前，司机舒了一口气，为我们买了票，就找个小店喝茶去了。

　　在我自书中得到的印象中，无锡在太湖之北，与太湖

面对街道不得其门
而入的寄畅园原入口

位于惠山公园内的
寄畅园改建后的大门

之间，有一条山脉，就是有名的惠山，惠山之尖端，一峰高立，在城之西郊，是为锡山。锡山上有一座多层塔，是无锡的地标。寄畅园在惠山的北麓，应该在无锡城外不远的西郊。可是身临其境，完全失掉了与城市间的方向感，使我非常沮丧。快速的经济发展，让古市街、老城区受到无情的破坏，传统空间文化已经消失无踪，浪漫的江南风光也已随风而去了。我走进惠山公园的大门，失神落魄、无精打采地去寻找寄畅园，心里实在没有抱多大的希望。

走进惠山公园是一条宽广的大道，两边都是围墙，向前看去，就是惠山寺，建筑的样子很俗气，实在没法想象被称为高雅的寄畅园会在这种地方。走了一阵，发现左手边有一门，上有寄畅园字样，有人在门口验票。走进去，是一座简朴的古式门厅，乏善可陈。由于江南庭院通常都有一个简单的进口，以便使游客进到里面生别有洞天之感，我看到这样低调的门厅反而安心了。我总算踏进思念许久的寄畅园了。

我是自苏州过来的，访过苏州的名园，为什么费这么多事，深访这座孤立在无锡郊外的古园呢？是因为好奇心。从书上读过江南的园林虽以苏州为多，却以寄畅园最佳，因为这座园曾经受康熙皇帝七次驾幸。乾隆皇帝不但驾临五次，并且命画师写景、画图，在清漪园仿造了一座，可见他喜爱之深。乾隆所仿的这座园原来称为惠山园，到嘉庆年间才改为谐趣园，至今仍在颐和园里。像这样一座为清朝两代皇帝所特选的古园，一定可视为江南园林的代表作，岂可不看？可是在我踏进园门之后，又觉得失望了。

寄畅园入园的首进
院落

我所知道的寄畅园不可能是这样的质量，这里既没有创造悬奇的空间，也没有曲折的廊道，只是两个院落，拥挤着一些湖石，实在平凡得很。心想上当了。内人也好奇地问，仆仆风尘，为的就是看这个小院子吗？在侧院发现一个圆门，自门中看院子，有一块石头，一组花木，勉强可上镜头，就留影一帧。

自圆门望侧院

虽然是星期天，园里寂无一人，也无可询问。在侧院的后面有一小门，我们就走出去看看，但见一片广场，一座正式的厅堂面东而立。广场的四周有些树木，有些叠石，但也看不出园景的妙处，倒像是一处没有人管理的公园，我们以探险的心情

寄畅园水色池景

作为寄畅园中心的
水色

向北走，顺着小径，走到一个高坡，拾级而上，有一亭子，额曰梅亭。但树木长得很高大，站在亭子下看不出去，亭子的建筑也很平凡。我们失望之至，就想快一点离开，又怕有所漏失。那有名的水景到哪里去了？无精打采地胡乱照几张相。园里没有一个游园的指示牌。我记得《江南园林志》那本书里，寄畅园景中是以水池为中心，与江南其他名园并无二致。通常自大门进入，绕过几个窄巷与曲廊，就应该看到这座水池才对。我们已绕了半天，仍没有见到水面，既然来了，即使发慌，也要再找找看。我们随意地走进了一条一般小石砌成的夹道，是假山中故意留出来的，有人头高。曲折地走不了多远，竟豁然开朗，出现了一个十分动人的园林镜头！这个经验使我花了几个小时的期待与不断的失望完全消失无踪了：谢天谢地，我们幸亏来了。不幸的是，这一瞬间的感动是无法转述的，虽然有相片为证，却无法表达现场感的百分之一！空间艺术，尤其是环境艺术，无法用摄影来表现。即使是进步的立体摄影，虽可再现其深度，却无法再现整体环境气氛。尤其是在长时间的失望后，所储备的心理敏感度，在艳丽的阳光下呈现的园景水色，是没有办法重复的经验。

然而站在池边片刻，我可以了解为什么清代的帝王为这座小园子着迷了。这个园子的主景是我眼前的一片水景，是一个南北长约八十米，东西宽二三十米的一个大水池。面积不过五分之一公顷，可是沿着水岸紧凑地布置了各种亭台廊阁的建筑，古木、湖石点缀得相当丰富，而有美不胜收之感。它的特点就是景色集中，而尺寸不大不小，使

沿着水岸紧凑布置
的建筑

人有亲切感，能自然地融入景色之中。

我看过苏州主要的几座园林，它们的名气与所受学术界的重视超过寄畅园甚多。可是在景色上，没有真正动人之处，大多名过其实。即使偶见隽永的小景，也因尺度太小，有小家子气，苏州的园子不是因为被院墙割裂得太多，就是过分做作，少有自然的韵味。

寄畅园，可以说因建于惠山之麓，调和了自然与人工，而得到特有的自然神韵吧！拿山石来说，寄畅园虽甚近于太湖，却少用湖石，水岸与假山都是土黄色的山石所砌成，就少了些蚁窝式湖石的俗气。寄畅园的山，确实不像假山。我入园之后，过山而见水，开始时完全没有觉悟到山是假山，仍以为是修饰而成呢！

一座名园，为什么使游客如我，竟半天陷于失望之中，岂不是自然、平凡得过分了吗？我绕池一周才发现，今天的寄畅园已经被先后颠倒，游园路线早就被破坏无遗了。我说嘛！地势怎么会越走越低呢？原来寄畅园的大门，是面对外面街道的，向东。进得门来，与苏州园林近似，要经过一些小厅、小庭，庭中种竹。寄畅园中的竹庭题名为"清响"。过了扉门，就进到水池边的"知鱼槛"了。这样的过程，是江南园林的标准路线，先涤除凡尘的牵挂，再进入动人的全景。可是近来把街面拓宽，切掉寄畅园十米的深度，如今小厅、小院都不存在了，只剩下几米深的一个夹道，布了些小景，今天这些小景要自池边逛进去才看得到，已经无足轻重了。

照原来的意思，游客自小院进入湖面区，是一高潮，

融入景色的知鱼槛

自园望向清响竹庭

自清响竹庭望向原本的
入口大门

寄畅园中的山石

黄色山石砌成的"八音涧"

上有浓荫下有清泉的"八音涧"

然所见是自然的石岸为多。绕湖而行或过七星桥，走上面南的嘉树堂的平台，才看到湖面东侧的起起伏伏的廊亭建筑，是另一高潮。在嘉树堂小坐片刻，有兴致可进入"八音涧"一游。这就是用黄色山石砌成的曲折狭窄的山涧。此山涧高及人头，上有浓荫，下有流泉，有幽深之感。可说是景色高潮之后的清凉幽静的所在，长仅三四十米。走完之后，就上到令我困惑的那片高地了。至于我进园的那一组建筑，原本不是寄畅园的一部分，是自成一局面的。那是雍正年间，园子被皇家没收时，加建的贞节祠，如今竟成为寄畅园的进口，历史实在太荒唐了。说到这里，让我简单地介绍一点寄畅园的历史。

寄畅园在江南园林中之重要性，是它的古迹价值。因为它很可能是名园中保留古味最浓的。苏州的名园，也有自宋代开始的，如沧浪亭；也有自明代开始的，如拙政园，但多半一再地换手、一再地改建。经过数代沧桑，早已面目全非。今天我们所见的格局与山石、水域，大多只是民国以后，甚至近年改做。比较起来，寄畅园还算是保存得比较好的。

寄畅园中的高地

　　根据专业人员研究的资料，寄畅园已有约五百年的历史，它是明中叶一位大官秦金所始建的。他是一位尽忠职守的好官，又受到三代皇帝的重用，官做到太保与尚书。这座园子是在他做官的生涯中，短短的休职在家的岁月里完成的。最初叫作"凤谷行窝"，他买了一块山坡地，利用原地形，高处为山，低处为水，上搭亭桥，是很简单的工程。它与苏州园林最大的差异，就是这里是真正的自然。自此之后的四百年间，这座园子基本上都在秦家的手上。他们都在原有的基础上，增添一些东西，改善一些景色。大约晚明隆庆万历年间，秦家出了一个能干的子孙——秦耀，勤政爱民，做了不少好事，可是晚明政情一团糟，他被人诬告贪污而丢官，而一生不得昭雪。直到清朝康熙皇帝下旨入祠立坊，才算结了这段公案。就是这位秦耀，在心情极端郁闷之下，以园林的经营为寄托，全力改建了凤谷行窝，并把它改名为"寄畅园"，这个"寄"字把失意的知识分子的心情表明得很清楚了，今天的规模，当时大致都已具备。只是一些建筑物及特有景色，却因岁月而消失或经改筑。大体上说，今天的寄畅园就是晚明的寄畅园。面积完全相同，其主要的水面，锦汇漪也完全相同。

　　寄畅园是建在惠山一个面东的山坡上。所以开挖水池，一定是长形，所以锦汇漪是一个长宽比约四比一的水面，在低的一面，沿地建了一条廊子，中间有数处停留下来观赏景物的亭阁之类的小建筑。为什么建在低的一面？因为可以亲水。高坡的一面则用来砌山石、植大树，使与自然相融。并可置台阁以观远景。园里需要的厅堂，就建在锦

寄畅园中的叠石

寄畅园中的一景

汇漪短边的一些平坡上。因面南，所以堂舍在北面。这座园是自山下向上坡进园的，所以水池之下是"清响"竹林。就是上文说的入口处的小院景观。

他们居住的地方则在园子的上方，与水池隔着一个山头，近南角的平地上，这里就是我入园时的进口，后来被雍正改为贞节祠的地方。话说秦耀死后，曾因分家，此园几乎割裂，幸亏秦家一直有能干的子孙，到了清初，有一位秦德藻，虽然不做官，却能持家，是管理、经营专家，他重修寄畅园，还做了一件事：请了一位造园专家张涟叠

寄畅园中的凌虚阁

深邃的空间使得寄畅园幽深动人

石引水，使寄畅园成为江南名园。张涟是专家，深通画理，对自然景物有独特的看法。他大概把寄畅园中原来不太合乎专业标准的设计改变了不少。但他的工作主要是"垒山引水"。他留下来的东西，经岁月磨蚀已不很具体，然而有一点是货真价实的，就是涧谷与山脚的叠石。如果不嫌我夸张，我会说江南名园中，寄畅园的叠石，尤其是南岸的鹤步滩，最为生动自然。这才是明末"园冶"时代的叠石观，与今天苏州所见的东西是完全不相同的。

几年前我在拙作《物象与心境》那本书里，专章讨论"园冶"时代的中国庭园，对于所谓江南园林的叠石与"园冶"所论互异而提出讨论。明末清初是中国文人对自然、对心身一致的反应，最为深透了解的时代，所以园治主张堆山要用土，不能像狮子林那样，用太湖石堆成蚂蚁窝一样的假山。张涟在其晚年居然用当地的黄石，砌出十分率真自然的石岸，可以为当时中国造园家立证。

今天大家都以为苏州的湖石假山是明朝的东西，有眼光的人自然很看不起当时的石艺。其实中国人喜欢湖石，

水景老树令人有
远离尘寰的清爽

是把它当作单一雕刻体来看的。唐代以来，读书人对于孔孔洞洞的湖石情有所钟，有些画上把一块大型湖石亦置在台基上，当艺术品看待，以湖石之造型言，是未可厚非的。但是弄一大堆，迭砌在一起，就另当别论了。我认为苏州式的山石如果不是清代中后期的作品，就是明末自作聪明的园主人的手笔。真正的造园家，如计成或李渔，是做不出这类东西的。难怪康熙皇帝首次南巡，顺道来此一游，立刻就喜欢上这座不满一公顷的园子。这下子可是秦家沾了园名的光了。五年后康熙又来，这次还题了"品泉"二字。以后康熙每下江南，大概都会来此一游，又数次题字，

园外的御碑亭

亭内的乾隆皇帝的御笔石碑

御碑亭前的石桥

秦家的声名因此大噪。第四次来园的时候，康熙要提拔秦家的子孙，带了一个年轻人秦道然回京，安排在九皇子府上办事。谁知这一荣耀也为秦家带来抄家的危机。秦家这位少年干得很好，又考上进士，入翰林院做事，不幸他出身九皇子府，雍正一上台，九皇子被杀害，与他有关的人一律都被清算，秦家要缴银十万两，拿不出钱来，寄畅园被充公，把靠惠山寺的西南角屋宇改为贞节祠，就是今天的进口。好在秦家子弟争气，秦道然的三儿子秦蕙田于乾隆元年中了榜眼，后来官做到刑部尚书、太子太保，乾隆才把旧账勾销，把园子还给秦家。乾隆皇帝也要南巡，也要去寄畅园，秦家受宠若惊，又大举整修一番。皇帝认为江南的园林以此园最古。所以写了诗，又送了一份三希堂石渠宝笈的法帖，简直是宠爱有加。不但如此，他还命令

惠山公园内的"观泉"

画师把园景画了一遍，带回京中，在建设清漪园的时候，选了个地点，照寄畅园的意思，建了一座惠山园，就是后来的谐趣园。园成后，他自己觉得与寄畅园仍差一筹。这时的寄畅园，已刻印在"南巡盛典"中。

秦家这园保存得很好，有公田供修葺之用，维持了一百年，但经不住太平天国的破坏。在老图上可以看到水池的南端的拱桥被破坏，溪流也填塞了。所以在今天，锦汇漪的南面是很荒芜的，乾隆皇帝的碑亭孤零零地立在那里，美人石也没有一点光彩了。我这次去几乎把这一段忽略了。我们为乾隆御碑拍照之后，又回到水岸，实在舍不得离开。这样简单的一方池水，并不出奇的几座廊亭，怎么会呈现这样引人入胜的景致？我伫立岸边得到一个结论：清澈的池水，百年的古树是成功的园林不可缺少的要素。

寄畅园的水池本是一个简单的长方形，因地形之故，并无曲折。为什么有幽深的感觉？当年的设计师用两个办法创造幽深的空间。一方面，在中间部分收紧些，使水面略呈葫芦状，就是鹤步滩的所在。另一方面在东端做一之字石板桥，称为七星桥。光靠这些是不够的。重要的是在收紧之处有蓊郁的大树，把池面的景观分割开来，创造了深邃莫测的效果。清澈的池水，把岸边的亭廊与树木反映到水中，创造了另一种深度，使一个比较简单的画面，甚至出现浮云的动感。

寄畅园是以古树闻名的。当年康熙到园游览，首先受感动的是百年古树。今天到寄畅园，仍然是以古树成景，树实在是没有那么古，只是枝叶繁茂，绿荫掩映，令人心

寄畅园一隅

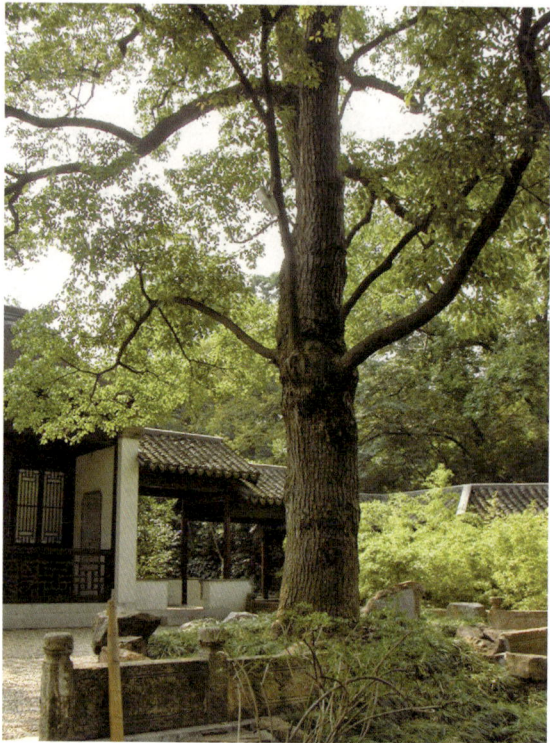

寄畅园中的古树

神清爽，生远离尘寰之思而已。树木最容易受到伤害。在动乱时期，砍伐园木，最为通常。寄畅园明、清的古木早已在太平天国时期被破坏。今天所见最老的树木也是晚清所植。可是屈指算来，也有百年以上了。生命的再生能力是可爱的！

　　一般说来，今天的寄畅园在大池四周，尚整齐可观，是经过维护的，嘉树堂前有些老人在品茶、聊天，亦颇有生气。细察就知道是最近若干年所整建的。廊亭等等，是出于现在的建筑家的手笔，由于今人对于古建筑与园林经过学术性的研究，修建的部分可能比过去完全由工匠主导的工作还可靠一些，只是偶尔免不了现代材料的痕迹而已。后来我查出，御碑亭中的乾隆"雨中游惠山园"碑，亦在"文革"时被敲破，近年再依旧拓，请匠师重雕。除了山石之外，大多是近年再建的，若以实物的岁月来看，已只能说十年左右了，与南园的年纪差不了多少。

即使石岸也曾改修。那是因为在 20 世纪 50 年代后曾请苏州的匠师来修园，这些俗匠看惯了苏州的湖石，就从城中被弃的园子里弄些来，沿水岸到处补了些湖石，他以为原作所用的石头不够看吧！不用说，把原有的朴质自然的精神全然抹杀。所幸近年来再修，找些读过书的工程师负责，把过多的湖石移走。今天还可以在石岸边看到少数湖石，情况应该是好多了。

园林是有生命的艺术，需要主人的爱护和照料，反映了主人的品位，因此一座园林的命运是与其主人的命运息息相关的。不论中外，园林都反映出时代的兴衰，就是这个道理。在众多私人园林中，寄畅园是比较幸运的一座。它能在历史上留名，能保有基本的架构到今天，已经是十分难得了。在一个秋天的午后，晴空万里：内人与我是寄畅园的唯一访客，伫立鹤步石滩，凝视水影中的悠悠浮云，四百年的岁月似在一瞬间闪过。园之游，就在这样慨然的情绪中结束吧！

（本文图片由黄健敏建筑师摄影）

圆圈方块看土楼

　　三十几年前，在大陆改革开放之前，我就自他们的出版物中看到福建土楼的图片，其中的圆楼特别令人感到讶异。中国各地的民居虽各有千秋，但可以看出一些形式上的共同特色，反映了汉民族的文化精神。只有福建的土楼，圆圈、方块，完全无法归结到中国建筑的原型上。所以我在课堂上介绍中国建筑文化时，几乎很少利用这部分数据。它的产生，实在令人纳闷。

　　近二十年前，在一个小型国际讨论会上，一位日本朋

土楼北，黄土为墙筑成之楼房。图为倾塌之土楼，可见土墙与木架构的关系。

福建土楼承启楼被印成邮票

福建土楼承启楼被印成邮票

友送给我一张大陆的邮票，上面印的就是一栋福建的圆楼。我虽看过类似的图片，可是看到大陆居然把它印上邮票，心中不免一动。而邮票上呈现的多层同心圆的图案，令人印象深刻。在全世界的人类文明中，各民族发展出不同的建筑形式，有如此之特色的实不多见。这应该是世界级的文明遗产才是。难怪在冷战时代，美国的卫星摄影拍到这些大圆圈，会怀疑它是秘密军事设备呢！

一九九四年《汉声》杂志出版了福建圆楼的专辑，我就有一探土楼究竟的打算。可是这几年虽有机会去大陆访问及旅游，总因种种原因，无缘到离我们最近的福建。二〇〇一年春天，静极思动，在上海的登琨艳建议去看土楼。大陆的朋友知道当地春天多雨，建议我们选择秋高气爽的秋天。因此我们夫妇才就到上海之便，与几位年轻朋友，匆匆走访了闽西，偿了我多年的夙愿。

我们先到了福州，拜访建筑设计院的费院长，承他安排车子及行程，并派人带路。先在福州略事停留，经泉州，看了重要的宋代古迹，就过漳州转闽西。过了漳州尚无高

大小土楼与出檐深远的
各式屋顶组成的村落

土楼墙壁砌白砖，村落
呈现明亮的主体美感

客家土楼的原型是府第
式建筑正面,比例优美,
屋顶起伏有致

速公路，但一般公路及产业道路①都已接近台湾公路的标
准，交通尚称方便。到了福建，知道大家所特别感兴趣的
圆楼，不过是客家土楼的一种，因此土楼之名称比较通行。

---

① 编者注：意即专用道路。

土楼者，以夯土建造之楼房也。称之为客家土楼，乃指客家这个族群所拥有的民居建筑，是用夯土建造的楼房。土楼的种类简单地说可以分为三类，要详细说，可以分为九种。其中数量比较少，历史比较短的是圆楼。

大陆研究土楼的学者，包括我们的朋友费院长在内，觉得圆楼在闽南也很多，土楼是否为客家人所专有很值得怀疑。可是我比较相信客家学者的说明，土楼是客家族群的发明，而后期由于它的防御性十分优越，才逐渐传播到闽南去。如果以行政区划来看土楼集中在属于闽西的永定县，与属于闽南的南靖县，而后者的数量不下于前者。永定的河流是汀江的支流，是流到广东出海的；南靖的河流，为自漳州、厦门出海。可是两地相连，处于闽西、闽南的交界处，建筑并无多少差异，地理形势亦颇类似，应该是土楼王国的所在地。南靖的土楼居住者也是客民，可以说明这一点。

我们的行程是先到龙岩市附近，土地较宽广的乡镇，访问两处著名的土楼，就到永定落脚，由该县文化局局长为我们安排下一步的参观。我们在永定与南靖的山区各花一天时间，在景色秀丽的丘陵、狭长山谷间绕行。到南靖时则由该县博物馆的馆长带路。这个山区正是两条小河的分水岭，所以平地甚少。而客家著名的方形与圆形土楼，正是在这些狭长山谷中产生的。

客家的学者们认为土楼是他们的精神长城。根据记载，客家人于两晋之间自中原南迁到长江流域，唐宋之间再迁到粤闽赣的山区，正式建立独特的客家文化。因此他们是

承继着中原汉文化的精髓，到贫瘠的山区求生存；又要面
对少数民族的斗争，与历次改朝换代时，败军的骚扰，土
匪的袭击，才创造了土楼文化。天高皇帝远，他们历代为
求生存，建立起独特的生活环境，是值得他们骄傲的。他
们很骄傲于夯土的建造技术，视之为来自中原文化的明证。
这是他们特有的奥秘，不轻易示人。我提醒他们在我小的
时候，中国北方仍然用夯土筑屋，他们不以为然。夯土技
术是用版子夹起做模，用黏质的黄土夹少量纤维质的草木
之属，用力敲打，层层筑起。古人称为版筑，实在并不稀
奇。稀奇的是他们聚族而居的生活方式，把北方一村的人，

客家小楼的组合，
造型生动，有现
代感

大夫第，前低后
高，层层上升的
五凤楼

集中在一栋楼房里。

开始建设这样的民居，必然有一摩西型的领导人，具有伟大的创发力，才能说服族人，教他们如何建屋。我猜想他们举族南迁，尤其是大族，除非有军队式的统御，否则是很难做到的。他们自长江流域到闽西，沿途都是崎岖的山岭，历经岁月，必然都是聚族而居。所以到了永定一带，举族共同生活已经成为传统了。地理环境是他们不能不建楼的另一个理由。在狭窄的河谷中求生存，少有的平地必须用来耕作生产，楼房可以减少房屋占有的空间，又可以抵御外来的侵袭，是很有创意的解决方法。客家土楼在喜欢平地建屋的汉民族建筑中，乃成为唯一的例外。

按照当地学者不甚严谨的研究，客家最早的土楼自宋代开始，目前尚存的馥馨楼建于北宋。土楼的技术与今天并无分别，但是早期的形式比较接近华北的大宅子，坐北朝南，后面是最高的建筑，两边护龙向前，高度递减，中间的厅堂、中庭、中门等中轴线，前面并有富丽之正门。与北方民居之不同，在于建筑物紧密地集结于方形空间，庭院甚狭小，而采楼房形式，至少二层，多至四、五层。由于其高度，土壁就显现出来，尤其醒目的，是屋顶用的是明代以后民间不准使用的歇山顶，为了保护土壁，又突出墙面很深，在外观上兼有稳固与飘逸的特色，所以予人印象深刻。这种早期的府第式土楼，后来就发展为三堂二落、五层飞檐的"五凤楼"的式样。到今天，"五凤楼"仍然是保留下来最多的。而且分布在较宜于农耕的平川地区。

进入山区，社会不安宁，匪患多，这种府第式建筑的

乡野民居，三层主楼与一层厢房的组合

防御性不够，就把两翼与正门的外壁全面提高，与后楼等。
这样一方面把居住建筑的外观改变为一座堡垒，同时可以容
纳较多的族人居住，以策安全。何时才有这种方楼呢？没有
明确的记录。可以推想其发展期应在明代早年，晚明到清初
则为其盛期。至今尚保存了一座六百年历史的日应楼。

　　发明了正方形的土楼，就把中原传统的民居格局改变
为堡垒，失去了空间上的尊卑之分。自此离发展为圆楼，
只有一步之差。在几何学上，正方形与圆形的精神是很接
近的，只是圆形的外观更动人、更具震撼性而已。在土楼
建筑上，圆形的夯土墙可能需要更熟练的技术，更严格的
施工管理。据当地学者的报告，他们建屋不用工人，而是
族人在族长的领导下建成。圆楼的防御性更强，分布在贫
瘠的山区，所谓"八山一水一分田"的地区。似乎越是山区，

土匪越多。可惜的是没有记载可以告诉我们在什么时代，是哪一位发明了这样动人心弦的建筑。只能推论发生的年代可能在明清之间。据记载，邮票上出现的承启楼是崇祯年间始建的。

对于一个好奇的旅客来说，看到这样奇特的建筑出现在只有梯田的山区，不免怀疑这些农民怎么有此财力建造可以使用数百年的楼房。后来我查了些资料，发现自明代后期，事实上山区可能比平川还要富裕。自万历前后，这些山区开始生产烟草。中国人何时吸烟，不是我研究的范畴，可是种烟制烟就成为该地区的主要生计。这种经济作物会使资本集中，造成些富人。其结果，使比较美观的圆楼大行其道。

不能避讳的事实是，到了清代社会渐渐安定，中叶以后，永定的烟叶发达，后期更有侨居南洋经商致富者。聚族而居与防御的性质渐渐减少，财富象征的性质渐渐增加。所以有钱人建屋不为居住，而为家族发达的标志。清末到民初，圆楼建得最多，侨民在抗战之前也有建屋的纪录，

圆楼中央建筑物的
梁架雕凿

圆楼中央建筑物的隐墙

圆楼中央建筑物的中轴

最晚有一九六五年建成的。大致说来，后来建造的圆楼，规模属于中等，建造比较考究，使用人极少，所以保存良好。在这次访闽中，我们的主人安排了两次自山头俯视河谷土楼景色的机会，使我们饱览土楼的盛景，而且对它们的大环境有了更深入的体会。

客家的圆楼与方楼分布于乡镇，比较集中的是两条河谷。一条在永定，自东北向西南流，名为南溪，经高头、湖坑、下洋等地入广东境汇入汀江。另一条在南靖，自南向北流，过书洋、梅村等地转东行汇入船场溪。这两条河谷，像两条链子，串起了圆形与方形的土楼，是人类文明所创造的，最令人感动的景观之一。可是要从天上看才成，走到土楼群中，并不能感受到它的魅力。
好在两个河谷都很狭窄，两岸的山岭高耸，可以上得去，
就有机会看到此一奇观。

振成楼内部：双重圆形的组织，呈现
形式和谐

振成楼内部：外围多重出檐所呈现的
韵律感，主厅为西式建筑

遗经楼正面：量体简洁，开口极小，
白灰墙面与暗色木质之对比

　　第一天，我们的车子经过七转八弯，爬上了称为蛟塘的地方。胡局长终于带我们穿过村落，走到观景点，可以俯视河谷数公里。但见圆圈、方块一簇簇地嵌在河谷的岸边，使我们大开眼界。这时已是夕阳西下之前，河谷升起淡淡的雾气，使得这些硕大的几何形，有来自外层空间的不真实感。我的照相机的望远镜头倍数不够，登琨艳借我大镜头一用，照下两张作为纪念。但是整个山谷所发现的景象只能保留在模糊的记忆中。

　　第二天，改由南靖县博物馆简馆长带领，同样绕到山上去看河谷的土楼群。本打算鸟瞰河坑村，但视角不良，道路不佳，改去另一山头，俯瞰田螺坑。在这里视界非常理想，县政府建了一个大亭子，立了栅栏对参观者收票。大陆已经没有一个值得看的景点是不要钱的，所以也不必大惊小怪。走过亭子，再下几步到平台，河谷中三个圆圈与一个方块自然结合成美妙的画面，才觉得门票是值得的。

　　圆楼与方楼，其外圈的屋顶已经完全把传统中国民居中的变化排除了，只剩下一个连续的、简单的屋顶所构成的几何形轮廓线，好像是一只巨灵之手在大地上画出的带有哲思的图案。我们流连不忍离去，可是因行程另有安排，就要下到河谷中，去近距离地寻访名楼了。在数千座方楼、数百座圆楼之中，通常以永定高陂镇的遗经楼为方楼的代表，以高北村的承启楼为圆楼的代表。根据主人的安排，我们一行是把遗经楼当成进入土楼世界的第一站。

　　遗经楼建于清道光年间，在群楼中真是比较老的了。

振成楼正面：完美的圆形，出檐比例良好，下三层无窗，防御性强

遗经楼内院：重檐与木板壁的组合，朴质而有古风

占地一公顷，面积也真大的了。高五层，应该是最高的了。可是此楼并不非常典型。它的主楼要高一些，屋顶并未连成一体，还看得出主从关系。而主楼不但高，而且内院外壁也是厚厚的土墙，不像其他三面是出挑的走廊，似乎是防卫的最后阵线。另一个特点是，内院的廊子都用直木条封住，显得特别安静。在四方内院中，有一个小的四合院，其中轴线对着正门，后面较高大者，就是祖先厅。这是客家土楼的共同特色，祖先厅是家族的精神重心。在一般的土楼中，常利用小合院的两厢当学堂，遗经楼的家业大，

怀远楼正面：典型
圆楼，底层为砖石，
上为黄土，以白色
标示

怀远楼内院：开口，
圆拱门。门前附属
建筑

他们是在正门外面大院子的两边建有学堂。外院之外又有大门，高大宽广，可以容车马进出，气魄宏伟。

　　一座楼内是一个家族，住了几十户的成百口人。公共事务靠一位公推出的长辈管理，费用则由公田的收成来维持。由于有公款，所以自日常管理，到年度祭祖、庆典活动，都可畅快地推动。公款还有一个作用：如有不肖子孙，穷困至于破产，要卖掉他的一份房产时，规定不能卖给外族人，可先用公款买下。而楼中分为几十间，好像完全连在一起的透天厝，自地面到最上层，属于一家。地面原是厨房，二层通常是仓库，三层以上是住屋。这一点，方楼、圆楼都是近似的。自建筑上看，遗经楼本身量体简单，白色的灰壁与暗色的原木之对比，高雅大方。屋顶灰瓦，歇山出挑，

怀远楼配置图

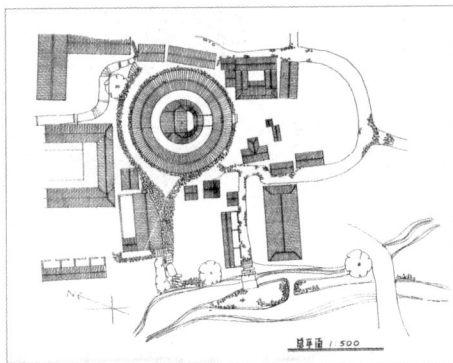

怀远楼平面图

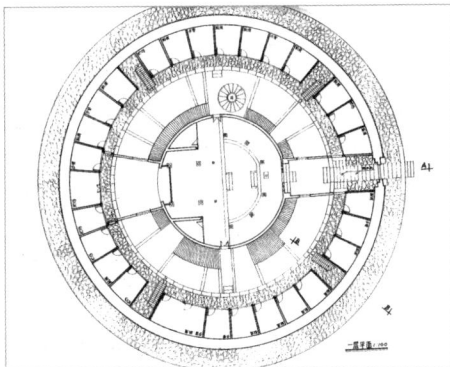

怀远楼剖面图

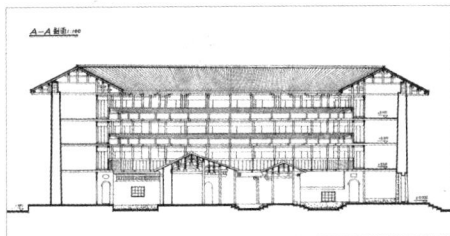

永康楼内院：为外圆内方之组合，中央建筑神明厅为四合院

田螺坑俯视，河谷岸边四圆一方土楼的组合，与梯田融为一体，
为闽西土楼群最动人的景色

既壮观又飘逸。除了祖堂略为雕饰以外，可以称得上简单、朴素而有古风。可惜大楼外缘的建筑已经破损不堪，地方政府并无力修复。

访问土楼当然不能遗漏印在邮票上的、永定高北村的"圆楼之王"承启楼，这座楼据说建于明末清初，是属于大型圆楼。据大陆作者说，当地有一民谣，概括其特色：

高四层，楼四圈，上上下下四百间；
圆里圆，圈套圈，历经沧桑三百年。

另有人为了形容圆楼之大，后面两句改为：

我楼东，你楼西，共住一楼不相识。

约自天空看承启楼，可以看到这座近两百年历史的土建筑，与它近邻的几座近期建筑的较小的方楼与圆楼是大

倾塌的土楼经部分
修复所形成的动人
外貌

永康楼祖先堂之行制
与闽南建筑近似，为
家族精神重心

有两百年历史的承启
楼，内外有四圈，为
规模最大的圆楼

不相同的。不只是因为大，而是因为它有一种自然洒脱的
线条。它并不是圆规画出来的圆形，很像新石器时代手工
磨出来的玉镯，有天然的不精准的美感。只是整体看来，
它是圆形。后期的土楼内部，很注意院内空间，可是这承
启楼的院子里尚有三圈，除了最内圈为祖先堂外，第二圈
外壁与土堡无异，自夹道进去，仍有四十余间房。第三圈
才是平房，供学堂之用。圈与圈间如同夹道，像一个小村落。
住在这座直径七十余米的圆楼里，如你住楼东，我住楼西，
确有可能整年不谋面，因此见面亦不相识。

　　土楼，不论圆、方，都有一中轴明显的祖堂。所以自正门进入，没有丝毫土楼的感觉，反而很接近闽南的小型庙宇。进门后就是一个小院子，两边的建筑已破败。进了二门，又是更小的圆形的内院，前面就是正厅。如果不抬头仰视，几乎不知在圆屋之中。只有走上楼梯，到了四楼向下俯视，才知道中间的小庙是由圆屋层层包被着，像一朵花一样，祖先堂是花心。层层圆屋只是花瓣而已！

　　自建筑的外观，到内部的空间，以承启楼为代表的客家土楼，确实称得上一大奇观。很难想象，中国黄河流域

方楼、圆楼相遇时形成空间
上的张力

目前保存最小
的 圆 楼 如 升
楼，内部空间
亲切可喜

的正统文化，历经历史、地理因素的影响，在社会特有的
条件下，会产生这样美妙的结果！经过几百年的演变，蜕
尽了传统中国建筑的形式，演化出最简单、最悦目、最具
韵律感的圆形。它的美感就在单纯与朴实之中。楼之外观，
在出挑深檐的阴影下，为一平坦的圆形黄色土壁，上部有
一排小窗，正门是拱形白粉壁中开了长方形大门，上有"承
启楼"匾额，简单大方。楼之内全为木造，最上层突出，
构造合理、轻巧，层层弧线，形成动人的韵律。而暖褐色
的木质与内圈屋顶的冷色灰瓦形成愉快的对比。阳光照射
下，其美感如同八音盒子一样，令人感受到无声的乐音。

很可惜的是这些土楼虽经一再宣扬，地方政府并无经
费维护。承启楼的第二环已有部分倒塌，大多数有岁月的
重要土楼都面临维修问题。在访问行程中，除了建于雍正
年间的方楼，和贵楼，被列为国家级文物，将有经费修复
外，大多只能空等。他们为了争取联合国文教组织的世界
文化遗产的头衔，已经拆除了或准备拆除重要土楼前面的

破损建筑或新建，可是要等联合国的专家投下宝贵的一票，实在还有相当的距离。

古老的土楼群耐得住寂寞，也经得住风雨，但世人忍心让它们等待吗？

（本文图片由汉宝德摄影）

大足石窟行

　　二〇〇二年五月间，静极思动，趁刘国松兄七十回顾展在北京历史博物馆展出之便，到大陆走了一趟。研讨会结束之后，登琨艳就到北京来会我们，一起去四川看看古蜀文化的胜迹。时间很短，行程紧凑充实。

　　这是我第一次去四川。但是在我的脑海里，这里是很熟悉的。从小读《三国演义》为蜀汉君臣的命运而慨叹，对四川的地理形势就有所了解。抗战时代，国民政府以天府之国的四川为基地，据险抗日，在沦陷区成长的我，儿时对大后方就很向往。这次匆匆一行，表面上是去看看史迹文物，实际也是一圆童年时的梦想。

　　飞机在成都落地，车行到都市边缘，我就有点失望。成都与大陆近海的都会区一样，急急忙忙地现代化了；没有经过细心的规划，因此古味尽失，换来的是单调的欧式公寓建筑群与高速公路环道，却是当地居民的骄傲。这本是在预料之中的事，只是原以为在内陆，改变得比较少一点，至少在市郊可以看到一些穿斗木架与瓦顶，见到几面美丽的封火墙。然而这些书本上的古风，一丝一毫也没有保留下来。

到了旅社略为休息，导游就主张先看看城里的名迹：武侯祠与杜甫草堂。我有一张碑拓，刻的是清代名臣写杜甫的谒武侯祠诗。那碑在抗战时已有些残了，我抱着一丝希望，如果在那个墙角找到那座碑就满意了。当然，我失望了。今天的武侯祠连一点古意都没有，已完全观光化。从本地与外地来的观光客如过江之鲫。武侯祠只是使人回

成都武侯祠

武侯祠内三国故事的三义庙

武侯祠内的庭园

忆起三国的故事而已。只有前院的唐人碑亭一带，尚有"锦
官城外柏森森"的感觉。然而丞相祠堂的正殿所祭却是刘
备那个糊涂蛋了。当年"映阶碧草自春色，隔叶黄鹂空好音"
的景色，早已被观光客践踏殆尽。至于杜甫草堂，本来就
是因诗而杜撰的古迹，观光化后当然更加淡而无味了。

我们花了两天时间去看了三星堆博物馆与乐山大佛
等，因系熟知的文物，收获不多。尤其是大佛，在头部被
修过上漆之后，简直有点卡通的味道，没有丝毫佛像的庄
严法相。这趟四川之旅，直到我们去了重庆附近的大足石
窟，才觉得不虚此行。自成都开车南下，经高速公路，要
四个小时才到去大足的邮亭交流道。已是午餐时刻，在路
上吃了当地名产的鲫鱼，即驱车到宝顶山参观。

大足石窟是中国四大石窟之一，闻名已久，所刻也略
有所知，但百闻不如一见。这是我期待已久的旅行，也可
以说是来四川的主要目的，所以一到石窟寺的大门，精神
就振奋起来了。

大足是四大石窟中开凿得较晚的一个。在大足始开的
唐末，敦煌、云冈与龙门都已经停止活动。没有皇家的支持，

实在不明白其开凿的动机。查资料，只知道大足是当时的军事重镇。唐昭宗景福元年，易州刺史韦君靖始作浮雕造像。又说唐末大足地方屡遭变乱，人民幸生畏死，才凿佛像祈福。这都是没有说服力的理由。以今天大足境内的山岭处处有石窟，而且雕像数万尊的史迹来看，这里应该是相当重要的佛教圣地。可惜缺乏记载，只能在后人的补记中略知一二了。

　　大足多山。县城之南北都有山，也均有石刻。城北的山称龙冈山，也就是唐末韦君靖始开之处，自五代到南宋初年都有作品。到今天仍然是大足石刻最重要的一部分。其中宋代的菩萨造像，恬静、完美、高贵，是佛教造像完全汉化后的最高成就的作品。县境四周山上亦多石刻，县北略偏三十五里，就是宝顶山，曾是维摩祖师道场。据说是南宋时当地人赵智风所经营。他是密宗的教主，建造了

1999 年列为世界文化遗产的大足宝顶山石刻

圣寿寺，开凿了宝顶石刻。这就是大足石窟最具规模，最有特色的一部分。但是很少游客知道，这里是密宗的道场，在中国佛教史上是别有地位的。其他散布在县境东、南、西各处的石刻，因数量较少，保存情况不佳，已很少有游客拜访了。可是一县之地，居然散布了那么多精致的摩崖石刻造像，不能不令人惊叹，而啧啧称奇。

在习惯上，我们常以大足石窟称之。可是身临其境，就知道这里实在不能称为石窟。有的学者径称之为摩崖石刻是有道理的。正因为如此，大足石窟的石刻，相较于其他石窟要壮丽动人得多。

石窟，当其始，乃来自印度的石窟寺，原是礼拜与修行的场所。所以总是先凿一窟，再在里面雕或画以佛像。正中为佛像，四壁以佛经变或千佛装饰的，为基本形式。可是传到中国后，自南北朝以来，石窟的寺庙功能逐渐为纪念性功能所取代。帝王、公侯、军事领袖或地方豪族，开凿石窟为的是为自己积功德，或为父母祝祷，因此有供养人出现在雕刻与绘画中。到了唐代，石窟中的中柱已消失，整个窟穴的深度也相对减少。越到后来越浅，是可以想象得到的。唐代以后，各石窟偶有开凿，多仍采旧法凿窟，但在精神上，窟之存在只是为保护其中之佛像，使不受风雨侵袭而已。

所以唐末以来，为省凿窟之劳，干脆在石壁上凿龛，雕像于其中，就成为一种风气。至宋代，石龛几乎取代石窟，立体的雕刻，也逐渐缩小或平面化了。如果以大足石窟的例子来看，北山石刻，已大多是石龛，但仍然有几个重要

凿龛在石壁上直接雕塑的
大足石刻

沿着通道大幅的摩崖雕刻

由无常大鬼拿着的"六道
轮回图"

的单元是以石窟形式呈现的。而宝顶山石刻,除了圆觉
洞中的菩萨群像如第一三六窟,转轮经藏窟为石窟形式
之外,连石龛也不用了。不用石窟或石龛是如何呢?是
直接在石壁上刻出,以连续的,大片摩崖佛雕的方式呈现。

"华严三圣像"左侧托
宝塔的普贤菩萨

"华严三圣像"居中是
结印的毗卢舍那佛

"华严三圣像"右侧的
文殊菩萨

相形之下，连环直式的大幅摩崖雕刻含蓄与收敛也许不足，但在视觉效果上要动人得多了。这就是我们进入宝顶山石刻的通道所得到的印象。

我们可以这样说，宝顶山整片摩崖石刻在内容上等于唐代的一个石窟，放大了若干倍。它的感染力在于整片山崖，形成一个硕大的构图。大大小小的雕像，形形色色的造像，虽有些后代的世俗味，却像泰山压顶一样，使你为这令人惊骇的画面所震慑。我们一边忙着按下相机快门，一边说，真的好看！

在北山唐末的石窟中，有一窟为"观无量寿佛经变"。石窟不大、亦浅，构图为传统的格局。正面中央为西方三圣（阿弥陀佛、观世音与大势至），其上为象征西方乐土的建筑群，与飞翔的天使。与西方三圣同列的是无数的小佛像，下面则是"三品九生"，是由很多三尊佛组成的构图。数百尊人物雕刻都很生动，有些不过寸余。可是在南宋的宝顶山石刻中，有一片山崖，整面雕出的正是同一个"观无量寿佛经变"，故事与小小洞窟内完全一样，只是西方三圣雕得极大，因为构图为横长之故，三圣无法舒服地坐在莲花台上，只能看到半身。西方乐土的建筑向左右展开，或夹在三圣之间，这三尊半身像，很巧妙地用一道花砖栏杆与下面的"三品九生"隔离开来。这组雕刻中，有很多童子以各种有趣的姿态展现出来，那是所谓荷花童子吧，十分生动可爱！

　　大足宝顶山是宋代雕刻世俗化的代表作。其实自唐代以来，寺庙中的泥塑就逐渐摆脱宗教气息浓厚、表情严肃

远眺摩崖石刻，左为"华严三圣像"，右为"护法神像"

"华严三圣像"身后有八十一个小圆龛，每龛内有一座小佛像。

"父母恩重经变"石刻

"父母恩重经变"石刻局部的"投佛
祈求嗣息"

"父母恩重经变"石刻局部的"乳哺
养育恩"与"咽苦吐甘恩"组像

"父母恩重经变"石刻的经文

的造型，而代之以神态生动自然的人物。尤其是渐渐女性
化的菩萨。到了宋朝，寺庙里更多了侍女的造像，就完全
脱离了宗教的神情的塑造，用心表现出女性的娇媚与艳丽，
以艺术的手法传达了亲切与秀丽的神态。佛教艺术到此已
成为独立的艺术，完全世俗化了。宝顶山则是在摩崖石刻
中所出现的，少见的石雕民间群像。在"父母恩重经变"中，
以生动写实的手法描述了一幕幕世俗家庭生活的图像。

　　宝顶山的摩崖石刻气魄最大的是"释迦涅槃圣迹图"，
也就是游客所看到的大卧佛。构图长三十米以上，由于体
型庞大，佛头几乎占了大半的崖高，所以佛身几乎完全隐
在石后，颇有现代雕刻家的风格。他的一群弟子，有些是
菩萨，有些是世间的官员，都是半身像，好像从地面涌出，
又像冒出云端，个个神情肃穆，面目祥和。卧佛的上面则

气魄最大的"释迦涅槃圣迹图像"

"释迦涅槃圣迹图像"中
的释迦头像

"释迦涅槃圣迹图像"

八力士像之二

刻着佛的家属，以各种供物送他离去。很少游客知道这个
庞大雕刻组的故事内容，但无不为大气势所动，大为赞叹！

大足石窟的艺术最为世人所知的还是菩萨像。唐代之
前，佛刻多以佛为主，以菩萨为副。菩萨是佛的侍从，所以

"释迦涅槃圣迹图像"中
将似从地面涌出的半身像

卧佛上方的佛母与其眷属像

四天王像之一

月轮龛佛坐佛之一

利用地理特色创作的
"九龙浴太子图"

"九龙浴太子图"局部

体型小，多立像。到宋代，菩萨已成为主要的崇拜对象，所以虽仍有三尊佛的构图，但菩萨已大多为独立个体，因此在造型上与衣饰上百般考究，塑造了纯中国风味的菩萨造型。在大足的石刻中，处处可见到这样的菩萨像：有点近似柔美、慈祥又高贵的贵夫人。可是最可贵的菩萨像有两组，是前文提到过的北山的第一三六窟，及宝顶山的圆觉洞。管理单位规定，这两个窟是不准照相的。

神态生动的大足石刻

俯瞰"释迦涅槃圣迹图像"，前为九曲连河

宝顶山摩崖的十大明王像

由于在石窟中，这两组雕像保存得相当完整，北山一三六窟尤其精彩，其菩萨的身体与面部都像新刻出的一样。有骑狮的文殊菩萨，有骑象的普贤菩萨，有手执日月的日月观音，有手执玉印的玉印观音。其中尤其以日月观音的面相，最能代表菩萨雍容大度的精神。宝顶山圆觉洞的正面是三尊佛，两壁各坐着六尊菩萨，姿势各异，面容都很雍容恬静。但因彩色太浓，不及北山造像明亮。可是它的特色是背景。

石窟艺术到了宋代，已经融合了中国绘画的观念。把绘画空间用浮雕的方式表达出来，再加上色彩，是结合雕、绘于一炉的方法。圆觉洞的壁面，刻出了假山与云气，象征了菩萨修行的环境，形成

呈现半身的马首明王与三世明王

大威德明王石刻像

刻出粗模，具有强烈
现代感的明王石刻

统一的背景。头顶云气之上，有佛在点化他们。他们坐的
是人间的木几，基座也刻为木器台座，上红黑彩，是中国
石窟艺术中少见的。

　　爱好现代艺术的朋友们也许比较喜欢最不为人注意，
也不为游客所喜的部分。那就是宝顶山摩崖最尾端的十大
明王像。这是标准的密宗的雕像，日本京都的古寺中常见，
在我国已很少了。十大明王都是面容狰狞的天王，却是佛
与菩萨的化身，变形以吓走恶魔的。在宝顶山，此一部分
所占面积不大，在很通俗化的"地狱变相"的一角。

　　十大明王的艺术性有几点。第一点是，这些明王的表
情凶恶，与正常人像有异，可以完全由雕刻家自由发挥，
因此创造性较高而有震撼力。第二点是，也许因为时间急
促，或经费不足，有些明王的雕像通体留有凿痕，没有磨
光，因此表面似有意留下素朴的质感，现代意味浓厚。后
来在此粗面上加了色彩，更强化了此种印象。十位雕像中，
有的全身打磨光滑，有的全身留有排列整齐的凿痕，面部
的刻痕与肌肉的动感配合得很好。有的头部磨光，身体衣

地狱变图，上方正中为地
葬菩萨像

地狱变图中的书记、判官
与鬼卒石刻

地狱变图石刻局部

物则因物件不同而留有粗细不同的凿痕，有的则只在面部
有局部的磨光。似乎确属雕刻家的表现手法，使十大明王
的威猛之状更能凸显出来。第三，十大明王像大多因石崖
的构图，只现半身，其中第三、第四两座雕像应是全身像，
可是为了使诸明王整齐排列，其胸部以下只刻出了身体轮

大足石刻中的柳本遵行化图

大足石刻中的牧牛图局部

以牛喻心表现"调伏心意"的
牧牛图石刻

手法与内容多样的大足石刻

廓的粗模，如同今天的匠师先用电锯切出外形一样。细刻
的上身与下身的粗模连在一起，予人以强烈的现代感。实
在很难想象在南宋时代的十三世纪，有这样艺术的雕刻技
法。难怪有人把它与米开朗基罗的戴维像①媲美。这一组
雕像雕凿得粗细间杂，质感多变化，又有未完成的味道，
实在可供现代石雕艺术家认真研究。尤其石窟表现手法与
内容的多样性，可称为中国传统雕刻文化的宝藏，真是百
看不厌。这些巨雕自石崖面上突出，好像为巨灵之手在山
崖上刻划而成，气势磅礴令人感动而不忍离去。这里是值
得作长期的逗留的。这是我们惺惺然离开大足向重庆出发
时的感想。

(本文图片由黄健敏建筑师摄影)

---

① 编者注：即米开朗琪罗的大卫像。

丽江大理行

　　二〇〇一年春假期间，在上海的登琨艳约我去云南大
理、丽江一游。他说大陆的朋友认为三四月间的天气，丽
江风光明媚，是最佳去处，就这样，我们就成行了。

　　我对大理、丽江并没有什么概念。只知道那是云南近
康藏的山区，居民多为少数民族。对于边疆民族，我所知
有限，因此对他们的文化也很陌生。我常想，汉民族所生
存的广大区域，已经产生了多样的地方文化色彩，让人难
以掌握，想充分了解各地的建筑文化与市镇空间已不容易。
丽江是少数民族居住的地区，因为落后，也许可能保存了
原有的风貌，但真有那么好的文化素质吗？他们的建筑是
怎样的呢？可以与汉族的建筑相媲美吗？

被列为世界文化遗产的丽江古城

到了丽江的飞机场，就感觉得它不像一个边远山城会有的现代化设施；它准备接待外国的宾客。汽车进到现代的丽江城，一点也不见出色。与大部分城市一样，一味地喜好新奇高大，杂凑出些不顺眼的现代市景，很难相信这里会有什么古城。当地人在这方面学得聪明些了，他们已经知道古城不能动，要动就动在城外面。可惜的是他们没有市景的观念，虽然没有动到古城，难看的新建筑物，却已经靠得太近，影响古城景观了。一直到带我们观光的云南理工大学建筑系的车先生把我们领到古城的巷子里，才使我们宽怀地叹一口气。啊，果然有这样的古城！

位于高原的古城丽江

丽江古城入口

丽江的居民属于纳西族，这个人数不多的少数民族，怎么会建造出如此有趣的古城呢？他们的文化是从哪里来的？原来纳西族的祖先在隋唐之间就栖居在这一带了。由于是小族，所以在大族争斗的夹缝里生存，受到这些外族文化的影响。在唐代，它夹在南诏与吐蕃之间。吐蕃是唐的主要敌人，唐朝就牺牲纳西族的地方政权，让南诏进行统一。因此纳西人的文化是间接地接受了唐代的文化，进入文明的世界，并建了第一座庙宇。很妙的是，丽江一带的一小支纳西族，在高山峻岭的阻隔下，自唐至宋，六百年间没有受到太多的战乱，而缓慢地、片段地吸纳了中原的文化。这就是丽江古城的建筑质量不亚于中原，而别具特色的原因，直到十三世纪，忽必烈大军过丽江，攻打大理，丽江才投降，纳入大中国的版图，并开始建设为地方首府。当时的丽江称为大研，也就是一个大砚台。

元代除了建城之外，更深刻地接受了汉文化的影响。连风水都学来了。可是丽江的土司却是明初才正式内附，受封为知府。朱元璋扶植他，成为制衡大理与吐蕃的势力，其汉化就更深了，他们渐渐聚集财富，建造了我们今天看到的古城。

丽江是一座水城。很难想象在二千四百米的高原上，可以看到像江南一样的水城。可是这里的水干净多了。江南是平地上的水流，穿越田陌、巷弄，混浊而缓慢。这里是高山的急湍，即使辟为街巷上的沟渠，仍清澈见底。丽江人自唐代以来，就是在玉龙山下的玉河流域建屋定居，自中原学会了建屋之术，几百年间，在开辟水渠、建立市集上大有成就。到了明朝，就沿渠划地建屋，形成"家家门前流活水，户户垂柳拂屋檐"的景象。只可惜这样的景象在近年来被逐渐破坏了，由于观光业的发达，丽江古城的街巷住宅几乎百分之百地被改建为商店或餐厅。杂沓的行人，纷乱的市招已经使古城失去了纯真的古味。在沿河的巷子里，有不少外国佬开的咖啡馆、比萨店呢！据说有很多外国人赖着不走。在这里，生活过得太舒服了。

家家门前流活水的丽江景象

街巷被改为餐厅是丽江的普遍现象

　　纳西文化仍然存在，而且为居民所传袭。他们有自己的语言、文字，有自己的生活规范。可是在建筑上，古文化的剩余就很有限了。据专家说，他们的建筑传统自母房始。母房是一层的三间屋子。在我判断，少数民族的建筑自三间屋子始，说明在遥远的古代，已经受汉族的影响了。中国民间自汉代就以三间屋子为居住单元了。到唐代，形式上进一步地汉化为平房，前面多了檐柱、屋顶采唐样。

丽江的木氏土司府

木氏土司府鸟瞰

丽江民居的平面图

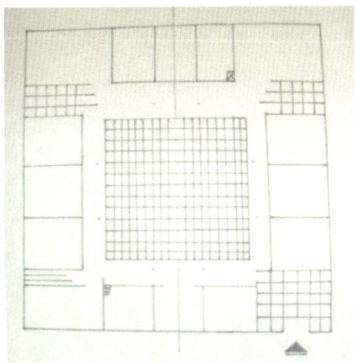

灰瓦悬山的丽江
民居

后来上面加了楼，成为两层的建筑，称为妹楼，更加接近
汉人的住屋。不知何时，在楼上也加了前廊，称为明楼，
在使用上大有改进，在我看来，比江南的建筑还要灵巧些，
是否受宋代的影响，一时很难考证。至于建筑的格局，是
以汉民族的四合院为组织原则。坐北朝南，若为四合院，
就有五个天井，中央为大天井，四角为四个小天井。若为
三合院，南面就是照壁，与北方建筑无异。居民相信风水，
大门也忌自正面开，我观察丽江及邻近村落的古宅，都开
在西南角。而北方建筑是开在东南角。这是不是唐宋的风
水习俗留下来的，颇值得研究。

丽江民居的屋顶多用桶瓦

厚重的土墙与悬山屋顶是丽江民居特色

　　当然，要在丽江古城或其邻近古老村落中寻找唐宋遗迹，恐是不可能了。即使是明代建筑也已凤毛麟角，古城中今天的建筑大多是清末民初所建的"走马转角楼"，有清中期的建筑已经不错了。古城在清末有十八年的动乱，古代民居多遭破坏，后来复建不免有所改变。但是在传统工艺中，还可以看到一些古老的迹象，使我们不禁想起"礼失而求诸野"的老话。丽江民居中，建筑上的装饰已经完全汉化，其彩画与雕刻使用的都是近世汉人的吉祥图案，有些微分别也只能说是地方性的变异。可是那里的建筑，怎么看都有唐宋的风貌，只能在宋代绘画上可以看得到的。最有古风的是屋顶。我们曾到玉龙山下的几个村落，看民宅，即使是最穷苦的人家，住的也是灰瓦、悬山的屋子。自明代以来，中原已经没有这样的建筑了。

中国民间的建筑在古代，本与宫殿、寺庙没有多大的分别。到后代在制度上越来越分化，但不过规定规模与色彩，太大了，太明亮了，平民不能用。可是晚至唐宋，屋面材料与形状尚没有限制。尤其是瓦，自汉以来，中国人就在屋顶上铺瓦，用微微上弯的板瓦与半圆形的桶瓦相配合，所以看上去有一条条的瓦垄。可是这个做法到元代以后就在中原消失了。只有宫殿的屋顶才用桶瓦，一般民居就用板瓦一反一正地用了。所以汉唐建筑上的瓦当，后世也就只限于宫殿才有。

避火灾压胜的悬鱼

悬山屋顶的悬鱼装饰

丽江一景

畔水而居的丽江

高原上的水乡丽江

很有趣的是丽江民居的屋顶，就是用七八百年前通用的桶瓦，并且都有很好看的瓦当。另一个屋顶的特色是悬山顶。在唐宋之前，民居建筑的屋顶都是微微地起翘，到两端则向外伸出一段，以保护墙壁。这就是建筑上称为悬山式的屋顶。到了明朝以后，不知为什么这种做法忽然消失了。而大部分北方的民居，即使是很考究的建筑，也是屋顶与山墙齐平。这种屋顶被称为硬山，就是在台湾的传统建筑上常见的情形。丽江一带的民居都是悬山顶，架在厚重的土墙上，相信是唐宋的传统。它的唐宋风貌特别表现在悬山的收头上。当时的做法是山形的屋面到两端有搏风板，中央有下垂的一个装饰，称为悬鱼。是多种鱼的样子。据说是为了厌胜，以避火灾，近世则认为有富庶多子孙的寓意。在比较古老的村落里，可以看到多种设计，有些别出心裁，甚为动人。由挑出的悬山顶组成的街巷

富于古风的纳西族妇人

景致，其趣味与明清以来的，以院墙为主的巷道截然不同。前者轻松飘逸而活泼，在阳光下，有极深的光影的对比。后者则凝重深沉而有神秘感。中国文化自元以后的变化有这么大吗？

匆忙访问过纳西族的建筑后，我们搭车到大理去。大理是白族的集中地区。在洱海之滨，较接近四川，所以自古以来就是与中原冲突最多的地区。在唐为南诏，在宋为大理，都是中原王朝的附庸，但在政治上时叛时降。直到元代才收归版图之中，但是在文化上早就汉化了。在唐开元、天宝间，自成都弄来上万的工人，在苍山之下，建造了崇圣寺，规模宏大，到现在还有三塔保留着，最近重修，古意不多，形制仍在。当时的太和城在规模与建制上也不输中原。可惜历经多年，所剩无多，看不到唐宋的规模了。

大理白族聚落

灰瓦白壁的大理民居

　　也许因为大理与中原王朝的交流特别密切之故吧，白族的民居建筑似乎不如丽江的纳西族更有古风。即使是明清的建筑也没有保存下来，所以观光客所看到的大理古城，大多是新建的。要看比较传统的白族民居，到乡下去看。自单栋建筑看，大理与丽江的民居显著的不同就是白族建筑的正面都是重檐，所以两边的山墙突出一些。而悬山不见了，所见的大多是明清的硬山，粗看上去，除了颜色为灰瓦白壁之外，与台湾的清式建筑很相似。古老的味道只因保留了桶瓦与瓦当。建筑的组合与丽江没有太多的分别，

大理崇圣寺

崇圣寺三塔

高七十米的大
塔千寻塔

千寻塔细部

三塔倒影

高四十二米的实心小塔

小塔细部

仍然是四合院或三合院，加上四角的小天井。大理的民宅二楼由走廊连成一气的"走马转角楼"却不少，足证大多是民国以后的建筑。而合院的建筑，大门都设在一角，与丽江不同的，大理都是坐北朝南，门设在东南角，进门就有影壁，与明清以来北方中原的建筑是一致的。

以观光客的身份在丽江、大理旅行，要买点纪念品，免不了要看看他们的扎染。扎染者，是把棉布按照设计扎成一定图案的攒簇，入锅染煮。扎成簇的部分，颜色染不到，或不易染到，经过多次下锅后，就可呈现白色的花纹。有时花纹有渲染的趣味，甚为朴质可观。扎染可以染成不同的颜色，但是由于传统的爱好，与植物性颜料的来源，

蓝色蜡染的布料是大理的
特产之一

将蓝色蜡染应用在建筑上

大理大关风景

大理古城

大多是深浅不等的蓝色，颇为素雅。以蓝色扎染做成的衣物，颇有日本的风味，有人不免以为这是日本商人做的好事。可是当地人认为这是他们的古老技艺。如果确然如此，那可以证明这里的布料也有唐文化的影响。在唐代的遗物中，扎染的白色纹样时有所见。在陶瓷中，唐三彩上女性的衣着就很生动地呈现了扎染的图案。这种扎染的技术可能传到了日本，影响了日本人的品位，至今仍流传着，在大陆却很少见了。但是我在小时候，依稀记得老家仍有少量的扎染蓝料，只是并不常见了。如果是当地流传的技术，为什么在丽江、在大理，都少有人穿着这种布料呢？以此问当地的业者，他们说，在过去，扎染是贵重的料子，一般人用不起，即使有一两件，也是过年过节才穿出来的。言下之意，今天市上虽此种衣料甚多，是当特产品卖给观光客的，本地人穿不起。这也解释得通，因为当地的女孩子做工，每月不过二百元人民币。而她们生产的扎染，除了类似唐代排列整齐的小花外，有各种设计，显然是为了

大理的三合院

大理三合院进门处的影壁

外销，在大理附近的白族村落，几乎家家户户的妇女都在
埋头缝扎，赚些外快。如果真是唐人传下来的技术，这里
的人民正致力于发扬唐人的文化呢。

把边疆少数民族的生活文化视为唐宋的传承，似乎有
些不伦不类，可是我们同样在遥远的日本，看到一些唐文
化的影子。我们只能说，汉民族是一个创造力旺盛，却又
极喜新厌旧的种族。他们不断地创造历史，又不断地求新
求变，几千年间，今天的汉人已不认识他们祖先的文化了。

像江南水城的丽江

在木府的古乐表演

丽江夜景

可是接受他们不同时代影响的邻近民族，却因为具有保存文化的习性，因此保留了汉文化在不同朝代的一鳞半爪。

在丽江古城的街上，有一间每晚演奏古乐的小戏院。音乐家有九十岁以上的老者，也有中年人。他们自认所奏的古乐是唐以来的正统，比起北京、上海音乐学院的水平要高。我不懂得古乐，但看这些纳西族的乐者那么认真地以维护中国古乐传统为己任，除了"礼失而求诸野"之外，还有什么可说的呢？

（本文图片由黄健敏建筑师摄影）

神秘的花山石窟

　　常去大陆旅游的人，可能知道中国有些颇有看头的石窟。从字面上看，石窟是石山里的洞窟，为什么要看石窟呢？因为里面藏着有趣的景物。石窟有两类，一类是人工开凿的，一类是自然形成的，各有看头。前者多在北方，后者多在南方。前者属于文化景观，后者属于自然景观，它们各吸引不同的观光客。对于没有偏好，跟着旅游团走的人，两者都会使你睁大眼睛，感到无限的惊奇。至于为什么南北如此分配，可能要问地质学专家。

　　我不是自然景观的旅游者，近十年前为了排遣心情，曾去桂林走了一趟，这是很热门的旅游点，古人说，桂林山水甲天下，加上漓江的风景，很多人去欣赏过。桂林山水与黄山、华山等大异其趣。黄山是看石壁、看古松、云雾缭绕，令人发千古悠悠寄蜉蝣于天地之感叹。桂林的山虽然也是挺然直立，由于自地面或水边拔起，却只有秀丽、悦目之感。当年地质的变动，居然产生了那么多大大小小的石柱，不免令人赞赏造物者的巧思。为什么认为桂林山水甲天下？我的感受是，桂林山水融入居民的生活之中，

山水甲天下的桂林
（黄健敏摄影）

漓江景观
（黄健敏摄影）

与生活相融的山峰
（黄健敏摄影）

桂林芦笛岩（黄健敏摄影）

也就是为在那块土地上谋生的子民所可以欣赏的。黄山、华山高大只能由出家人独享。桂林山水虽秀丽有余，气势不足，却有些我意想不到的景观，那就是石洞。据说中国南部有很多石洞，比较大些的，还有地下河流。我们跟着旅游人群，走过两个山洞，规模都不小，洞内空间曲折变化，极有悬疑感，对探险家会有无比的吸引力。而奇观在于钟乳石，大小不同的钟乳石自顶上垂下来，初看时颇受感动，可惜大陆的经营者喜欢用灯光打上五颜六色，意思是美化，却把大自然的奇迹俗化了。据说大陆南部与南洋岛屿上有些山洞里的钟乳石被人破坏，敲下来卖到台湾来。我确实看到有些店家陈列钟乳石，台湾人的胃口实在是生态破坏的元凶。

桂林市区内有些规模较小的山洞，并没有钟乳石，但因与居住区接近，想来是文人雅士经常游乐之处。这些洞里刻着自明代以来的文人题字与诗文，也有些小型的佛像或浮雕，这是中国南方的传统。在苏杭一带，遇有风景好的山石，文人雅士技痒，非留字不可。在古代，这是一种风气，地方官如不留几个字好像就不够高雅，累积了几百年，一个自然的山洞几乎被刻得面目全非，这是留字恶习的后果，可是在今天看来，倒成为文化遗产了。桂林的山洞只能算是人工化了的自然山洞，真正人工开凿的山洞都是唐宋以前佛教艺术的石窟，当然都在北方。

　　人工石窟是我的兴趣所在，因为那些有名的石窟，自清末以来就为世人所知，且已成为世界重要的文化遗产，都是文化界所耳熟能详的。所以过去十几年间，我走访了

当地人士原称花山石窟
为环溪石窟

切割形成之层层壁面及
空间的穿透感

石窟中天花、地面与大柱群所形成的类建筑空间

石窟内巧夺天工的类建筑空间

未经细工修饰凿的石窟充满力感与后砌石级形成对比

西自敦煌，东到云冈的重要石窟，欣赏了南北朝以来的佛教绘画与雕刻，深受感动。自然形成的是山洞，人工开凿的只能称为石窟。因为开凿的目的是崇敬神佛，只要容得下佛的雕像就可以了，所以开凿的规模与佛像的大小有关。

整体来说，石窟寺的每一窟都令人感到狭隘拥挤，极难看到佛像的全身。最大的石窟为敦煌唐代的第一三〇窟，也仅能使大佛容身。大家都知道，云冈的大佛是露天的，这是因为佛教信仰在中国并不重视仪式，只要有佛，可以在佛前焚香膜拜就可以了。所以石窟的规划虽因时代不同有些改变，总以容许佛身及其侍从，壁面上雕或画些本生故事，或天宫景象，足以衬托佛的高贵、伟大就可以了。而中国石窟的前身——印度的石窟就不同了。他们开凿，是建寺于山中，需要在佛前留有较大的空间，供僧侣集体礼拜之用，因此石窟进深大，而且在两侧建了柱廊，并不需要壁画、浮雕。印度的石窟模拟建筑空间，艺术留下来的不多。

中国名石窟的伟大，在于其艺术积藏，不在乎石窟的大小。在较偏南的大足石窟，除了少数开凿外，给我的感觉是，大部分佛像都是刻在岩壁上，并没有真正的窟。它的动人之处，反而是整个壁面的雕凿，予人以被淹没的感觉。越到后期的南方，偶有开凿，大多只是壁面的浮雕而已，甚至连佛身都不能完全立体化。可想而知，当我听到在黄山之下，有一个称为花山的地方，发现了神秘的石窟，我有多兴奋了。据说这花山之下有一个石窟群，有诸多疑点无法破解，黄山市想请些"远来的和尚"，看看能否参透其奥秘。我的好奇心被挑动起来，就接受邀约，随大家去一探究竟。

原来花山石窟发现已有几年了，它是由当地农民发现，经一位热心的小学校长大事张扬，当地政府才予以整建，

洞窟之神秘感

当作观光景点。它在新安江边的山坡上，地方斥资建了一座跨河的吊桥，以便游览车辆可以停在对岸，人们过桥到达石窟群的核心。江泽民卸任前曾来此一游，为他们写了"花山谜窟"四字，因此成了他们的招牌。此后，有几位学者进行深入的研究，几乎已经把事情弄清楚了，只是他们之间的意见互异，得不到共识。

花山石窟群，在几个低矮的山头里，大大小小共有三十六座。比较大的，开凿极深，内部富于空间变化，有大柱子支撑，还有水塘，墙面与窟顶都有精巧、整齐的凿痕，没有人知道它的用途，因此引起普遍的兴趣，觉得是千古奇迹，这也难怪，他们对这个石窟群的吸引力寄予厚望，认为是中国文化的瑰宝。正因为规模宏大，却不知其渊源。何时开凿？为何开凿？都又一无所知，足以引起世界旅游团的兴趣。然而根本的问题是，这个石窟真有那么好看吗？真值得大家不远千里而来观光吗？如果只是来到黄山看云雾缭绕的山峰，顺便看看这个古怪的石洞，其意义就不大了。

　　我参加这个论坛就是要随一群学者去亲身看一下"谜窟"的风采,看它是否真有世界文化遗产的架势。可惜因为时间紧迫,主办单位只安排了两个洞,二号与三十五号;相信应该是最有看头的了。我的感觉是:花山石窟确有旅游价值,只是要达到世界文化遗产的标准,非有一个可信的文化背景来支持不成。它有两个特质。其一,空间变化

擎天一柱的力感

地下澄清的水池及神奇的空间组合

天花与壁面的细凿痕

多，穿透、联结、高低、上下，极尽奇巧与悬奇之能事。
很难想象有人会有意地创造这样一种特殊的空间经验。其
二，有斧凿痕。其空间高大雄伟，令人屏息，如同巨灵之掌，
大力劈砍而成。在这些柱面、壁面上，都有条纹式的斧凿
痕，远远看去，如同朱铭用电锯切割保丽龙的痕迹，近看

石窟中无法解释的形体与刻痕

石窟中疑似建筑的残迹

二号石窟平面图

层层类建筑空间，整理后疑似地下窟殿

拱、柱等似有秩序

则为手斧细凿而成，益增神秘的感觉。这样的石洞与华南的自然石洞较接近，但没有钟乳石细腻的美感，而是英雄式大力切割的气势。主管单位为了观光，打上彩色的灯光，使以力感胜的空间变得柔弱了许多。在彩色灯光所不及的地方，仍能在微光照射下感受到巨石雕刻坚实的悲剧气氛。只有在这一刻，一种中华文化中少见的悲壮感，使我血脉偾张。中国人太喜欢花巧、文饰了，中国的人文精神中缺少的岂不就是简单、素朴的力感吗？这些石洞之妙，正是这种毫无理由的、以大量的人工开凿而未加丝毫雕饰的洞穴。石洞为砂岩，很容易雕出花纹，甚或佛像，使它成为另一个文化宝藏，然而这里却一无所有，连一个石工的名

壁面、天花系凿痕迹，让人疑为居室

天棚高低不平，很难理解其原因

字也没有留下来，更没有年、月的纪录。静悄悄地，在无垠的宇宙中，制造一个千古之谜。这不像是喜欢留名、有强烈历史感的中国人的造物。

大陆学者热烈研究这些石窟，希望破解这个谜团，找出石窟产生的原因。过去几年已推出十数种理论，但都是大胆的假设，经不住认真的考验，大体说来，推论大概为两类，一类是浪漫派，企图把石窟与历史故事牵连起来，

疑似厅堂的空间

予以解释。一类是现实派，企图用当地生活的实用性来解释。两类观点相持不下，但前一类在政府的支持下，暂时占了上风。道理很简单，只有浪漫的解释才能使石窟群带给游客浪漫的想象，促进观光价值。为什么凿这些石洞呢？浪漫派集中在一种假定上，即军事功能论，或称屯兵说。从历史上找在这一带曾发生过的战争，加以附会，就似乎言之成理。这样庞大的人工洞穴，非国家之力无法完成，其规模可容上千、上万人，又未著之史书，是秘密的军事行动，才可能做到。有了这个说法，最早自二千七百年前的吴越之战，到一百五十年前的洪杨之乱，就可以推出若干种的假定。可是政府显然很喜欢吴越之争的故事。屯军、藏军说，虽有很多军事理论家的支持，在常识上总有些窒碍，无法使人信服。历史上的战争，一定要藏军黄山之下而取胜的，还不容易找到。那么多工人挖山，怎样守密？这样重大的事，如果是决胜的要素，不记载于史册，几乎是不可能的。当时是秘密，写历史时还是秘密吗？最难解释的是，几百万立方米的石头到哪里去了？有必要开三十六个石窟吗？还有他们没有提出来的：做军营用，或少数人的宫殿说，为什么不凿出整齐的房间，而要开凿东歪西斜、高低不平的空间呢？这样的洞穴，要治军可难了。

现实派的看法是常识可以说得通的，那就是政府最不喜欢的采石说。这个说法的基础是，徽州一带没有好的石材，所以要挖山取石。表面的石材松软，越在内部，石材较好，所以取石要挖山，而且要向下挖。石头是相当长的岁月中慢慢开凿的，所以石头的去处不成问题，因为已经分布全徽州各地了。由于是工匠与运石商之长期工作，因此算不了大事，并未引起政治的注意，未见之于史册，也

石窟中地下蓄水槽

门口与阶梯疑似为村落

错综交结的空间轴

是说得过去的。

现实派的说法得到科学研究者的支持。找不到任何资料，他们调查徽州各地的村落、市镇，发现很多红砂岩的基础、建筑的片段或废石，用科学方法检定其上附着物的年代，可上推至明代中叶。这也是很合理的。徽州商人的发达是始自明代，可以推断他们发财后才有今天我们所欣赏的徽州民居，开始建豪屋，用得起石材砌基础与墙壁，才能导致石材的开辟。坦白说，我是现实主义者，可以完全接受这种看法。

然而这种很容易明白的解释，却不被浪漫派所接受。他们一方面争辩后期民间多半使用青石，也就是比较好的石头，一方面指出如果是采石场，怎会把柱面、壁面凿出整齐的斧痕？尤其是高处的窟顶，又如何解释呢？诚然，

入口空间

平整的类似装饰性的表面处理，确实是现实派推论的罩门。有了这个缺口，浪漫派推论仍然可以尽情地发挥想象力，他们坚持的就是一次凿成论。很妙的是大陆历史学者真喜欢一次性建设论，只有如此才能使石窟继续保持其神秘性。他们甚至提出一种不可能的理论，说挖出的石头已堆成一座小山，经过千百年已绿树成荫，找不到了。

　　我不愿意败大家的兴，所以不曾在会中表示意见。其实把它们视为采石场，几乎是没有不可解释的，而吴越之战、三国时吴国之攻山越、隋唐之际的军阀之战、唐中后期之战乱、北宋后期方腊之乱，都看不出有凿山洞藏军的理由。承认那是明代以来建筑用石之矿场，只要解释窟壁面的凿痕就可以了。可惜大陆学者没有自此下手探索。要解决这个问题，必须研究明代采石之法，他们使用的工具及切割石材的步骤。如果他们使用的工具是一般的斧凿，又是在洞内切成整齐的石材运出，这个问题就不存在了。我开始时觉得，窟顶离地数十米，如何修凿，不易解释，但如接受长期采石说，则石洞必然自小而大、自浅而深，在其初期，窟顶应在举手触摸的范围，顶有凿痕并不稀奇。由于数百年向下开采的过程，使地面下降，也造成地面不平的现象。开会那几天，我一直推想石工开山的过程，但这应该是实地调查研究的工作，空想是不合适的，所以没有发言。我要提醒未来的研究人员者，是在洞内凿出完整的石块，必须有作业的空间。如果找出凿石、运石的方法与过程，知道这些方法与过程所需要的作业空间，应该可以找到破解此"千古之谜"的钥匙。

其实黄山市政府不必努力保一个"谜"字，也不必担

三十五号石窟平面
动线系统分明

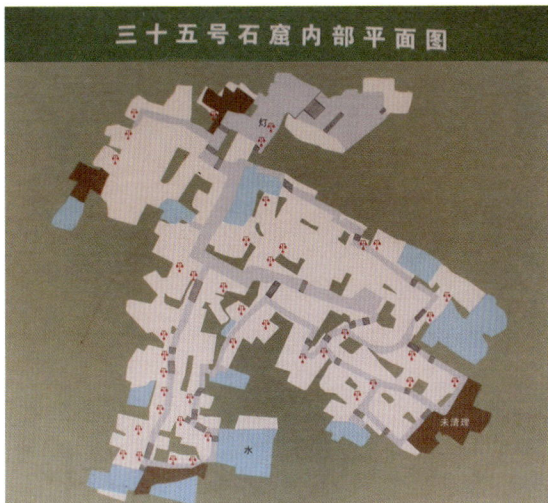

三十五号石窟内部平面图

心采石场理论会毁掉花山石窟的神秘性。即使承认这些石窟曾是采石场，它们的空间感动力并不会因而降低。相反的，想到数百年来，无数的石工，一斧一斧为了地方建设流血流汗，居然开凿出如此宏大又有表现力的抽象雕刻空间，比起设想为屯兵之场所要感人得多了。何必一定要世界文化遗产？由历代石工开辟的山洞，宛如天成，是典型的劳动大众的创造物，岂不是另一种意义的"中华瑰宝"？

（本文图片除注明者，余皆由汉宝德摄影提供）

徽州民居

二〇〇五年十一月初，受黄山市之邀请，参加一个小型的国际研讨会。这个会原是为了探讨花山之谜而召开的，可是我一直惦着徽州那些古老民居村落的现状，很想借机会再去覆按一遍。我这样想，一方面是因为与我上次往访事隔若干年，记忆已渐模糊了，印象中生动的建筑一直很难使我忘怀，很想使记忆再度明亮起来。另一方面则因这些年，大陆经济迅速发展，已经把江南一带的朴素民居一扫而光了。皖南的住宅在审美价值上高过江南甚多，能在快速发展的浪潮下，保存其原始风貌吗？还好，研讨会结束后，将有一天的时间，可以再到宏村与西递一行。

一九九六年春，先室萧中行女士去世的阴影仍然笼罩着我，心情十分低沉。女儿与儿子都暂时放下学业，回台湾来陪我。这时候，在上海的登琨艳为了排遣我的郁闷，建议大家一起去皖南走一趟，看看多年来一直放在心上的"明代徽州住宅"。他说有一位经营古典家具的上海朋友很熟悉这个地区，愿意带我们去参访。我很高兴地答应了。同行者中还有当时台南艺术学院的秘书孙淳美小姐。

美不胜收的徽州民居

　　以我当时的了解，徽州的住宅在明代因徽商的成功而建立起明显的风格，而且提高了居住的质量。但今天所保存下来的住宅是否真为明代的建筑，是颇有疑问的。但是传统的聚落未受工业化的冲击，就有很多看头，我是古建筑迷，只要是未经破坏的古村落，对我都有极大的吸引力。如果幸运地看到明代的住宅，那更是求之不得了。

　　我们一行经香港到了杭州，等候登琨艳与他的朋友开车到来相会。当时杭州到徽南的交通甚为不便，要循山路开车才是最短的途径。可是早上自杭州出发，开了一整天才到徽南的首府——屯溪。一路上对我来说并不寂寞。因为自浙西到皖南的山径，可以看到很多山边或路旁的村落，浙西的民屋是悬山式，灰色的屋顶伸出墙面，所以民屋群体的造型是屋顶的组合，朴实而自然。到皖南，也就是歙县的境界，民屋变成硬山顶了，瓦屋面退缩到山墙的后面，所以民屋群体是山墙的交错组构，生动而美观。这些村落以绿色的山岭为背景，称得上"美不胜收"。我深深感觉到这里真是民居建筑的宝藏。

屯溪就是古徽州。因为黄山就在附近，政府为推动观光事业，就把屯溪改为黄山市，统辖皖南地区。但是当地人仍然称它为屯溪。这里逐渐开发为一个现代化城市，只

白壁"马头"的街景

树人堂前街巷

留了一条老街，为观光客逛街的去处。我们投宿在国际饭店，经浙江博物馆杨馆长的介绍，文化局叶局长为我们筹划了参访的行程。

　　黄山市的辖区原有二区四县，以史迹著名者为黟、歙两县。这两个古怪名称的县，也就是古民居集中的所在。我们自浙西一路过来，经过的是歙县，远远看到的古宅村落景观只能算是前食，足以提高视觉兴趣，正餐则是黟县。自屯溪经过一个安静的休宁县，就到达黟县的西递，再走过去是宏村，这两个村子是徽州古民居之旅的高潮。九年前，它们仍然静悄悄地躺在那里，少为人到。

　　徽州的民居，造型的特色在山墙多，可以说是发挥了白壁之美的建筑。山墙是长江流域民居的共同特色，它是封火墙，因为江南一带，民居大多拥挤在一起。木造建筑，中央围成一个二层的小院落，因为密集，如果遇上火灾，就一发而不可收拾。所以他们把硬山房的山墙升高，作为封火之用，以避免邻居之火延烧过来。山墙原本是顺着屋顶的尖形，封火墙就演变成平直形的高墙。为求变化，封火墙被设计成阶梯样的形状。久而久之，就成为一种典型，乡间的独立住宅也以封火墙为装饰了，当地称为马头墙。这与闽南的"马背"山墙的发展在性质上是类似的。

　　只是在徽州，人们对于墙壁之美逐渐形成特殊的爱好。他们的民居建筑不仅在山墙上使用壁面，正面也墙壁化了。在小型住家，只有三间屋子时，他们会建两层，正面是一堵墙上中央开门，两侧有对称的小型窗子，看上去与西洋建筑无异。比较大的住宅，正面的院墙非常高，有时还刻

牌楼及入口

精工巧雕的牌楼

意做出马头式墙垛。所以壁面的组合加上小开口的趣味，是其他地方看不到的。更加有趣的是，他们在发财之后，喜欢在壁面上装饰开口，特别是在门楣之上。规模小的，用青砖砌出一个仿木梁架，上有出檐。这是江南的院门上常见的，在徽州则随意使用，成为重要的设计要素。有钱的人家，青砖梁架上刻了精致美观的砖雕。特别大的宅子或祠堂，则在两层高的壁面上，砌出牌坊的形状，增加门口的气势。

白墙壁本来就是长江流域的建筑特色，是砖砌墙用石灰粉显出的白色。当其新，有洁净、醒目、清爽之感，是良好的背景，如同一张白纸，任你挥洒。它的前面若有一棵树，树的轮廓会显得特别鲜明，若是竹丛与湖石，就是一幅画。所以江南园林中少不了白壁。白灰壁面经得住时间的考验，只是百年之后，白不再白了，但也没有肮脏的感觉。如同一张白纸，被淡墨所洁染，呈现出浑然的暗灰色，令人生岁月悠悠之感。风雨的侵蚀，尘土的渗沁，壁上的墨韵或浓或淡，是另一种天成的图画，令人陶醉。

我们参访的第一站就是西递。西递是保存比较好的一个典型徽州村落，进口处是明代胡家先祖的大牌坊。它好像一个艺术家的造物，把白壁、黑瓦与灰色的水渍，组织成变化万千的画面。你走进西递，就像走进一幅深不可测的绘画，西递永远有探索不完的镜头，被联合国专家称为世外桃源。典型的徽州村落之美是几

西递村街景

西递村封闭式不对称住宅的正面

村内小广场的围封趣味

个因素造成的：第一是土地狭小，建筑密集，居住密度高，甚多二层房屋，因此富有的人家与一般住家紧邻，相互挤压，形成变化。第二是自然发展，没有今天的都市计划，没有宽、直的道路。巷道是房子与房子间的缝隙，其间忽

西递村敬爱堂大祠堂

敬爱堂大祠堂的院落空间

西递村广场街景

宽忽窄，因建造当时的情况而变化，时有出人意表的景观。第三是基地不方正，不像北方的城镇中，巷弄整齐，各家可按规矩建屋。可是在这里巷弄曲折，村民建屋沿巷砌墙，跟着巷弄转折，或为折线，或为曲线，行走其间，富于悬奇之趣味。第四是高耸的墙壁的随意组合。并不是他们不希望有整齐方正的门面，因形势所迫，每家所砌的墙只考虑自己的需要，上部加上"马头"，或高或低，并未考虑与邻家建筑相配合。这几个条件加起来，使典型的徽州村落的巷弄之行，造型与空间，予人目不暇接之感。巷道还有一个特点，就是一边总有一泓清流顺着石铺的路面流动。好像生命之泉贯穿着整个村子。这正是初到西递漫步所感受的令人屏息之美。

村里有几幢各有堂院的大宅子，宅子的前面总有个小院子，外面看不出规模，走进大门，却规规矩矩，对称的木构架，有正堂，有两厢，有偏院。装潢、雕饰富丽：中堂有书画，柱上对联，完全是富有人家面貌，虽然因两层的建筑使院子显得小一些。正因为院子较小，才显得出木雕的精致；木雕一直是徽州手工艺的骄傲。

西递有一个大祠堂，称为敬爱堂，正门对着一个小广场，是高大的三间木构，还有门神。进到里面也很宽敞，对比于狭窄的小巷，广阔的内院空间就觉得太奢侈了。木构很素朴，但匾额等都很考究。祠堂与庙宇是单层的建筑，可见他们仍然以单层为理想，居住二层楼房，实因空间狭小，不得已之故。西递村里有一座著名的绣楼，是"大夫第"的一景。所谓大夫第，应该是做官的人家，但是也只能面

宏村的湖上石桥及村落一景

宏村民居近景，右为开放式民居，左为封闭
式民居

民居映入南湖如真似幻倒影动人

对小巷，没有特别醒目的门面，走进去也是一个小院子。可是这个宅子的一角，面对着一个广场，有很好的视界，因此宅子的主人就在楼上对着广场做了一个阳台，上面是半亭，两个屋角起翘，在直线条的白墙壁交错的背景对比下，特别显得引人注目。阳台的栏杆是美人靠，大约是准

宏村南湖书院之外观

备给府里的女子登楼眺望之用。自下面看去，确实可以启
发一些浪漫的想象。与意大利的威隆纳①，罗密欧与朱丽
叶隔空相望的阳台比较起来，要美观得多了。记得当年我
们就结伴登楼俯视，自下面摄影留念。

　　宏村是最有名的村子，它的进口处没有西递的牌坊，
却有一个大水池，称为南湖。由于李安执导的《卧虎藏龙》
有一幕是男主角潇洒地走过湖上的小桥，使徽州的民宅登
上国际舞台而声名大噪。前几年西递与宏村正式被联合国
教科文组织登录为"世界文化遗产"，可能与此有关。

　　水也有两个作用：一是水面开阔，使建筑群的集体美
一目了然，容易令人动容；二是池面如镜，足以使岸上的
白壁建筑映入池内，出现动人的倒影。宏村的南湖是皖南
村落中所少见的宽广水面，湖之南岸为树林，自树荫下遥
望对岸的村落，远山在目，宛如仙境。

---

　　① 编者注：即维罗纳（Verona），意大利北部城市。

宏村心湖溪的民居群有古雅质朴之美

宏村湖滨民居倒影的虚幻之美

　　二○○五年再访宏村，运气好，又有导游带领，到达的时间恰是阳光照得白壁明亮洁净的时刻，初冬天气晴朗，水不兴波，湖中的倒影，如真似幻。与九年前薄云微风的六月天，印象是完全不同的。前次所见如诗，后次所见如画。

　　宏村的规模较大，但巷弄之美与他处无异，最大的特点还是水。自南湖过桥进入小巷，走不了近百米就是宏村的心脏，其中为一水池，称为月沼。这里的景观比起南湖来更为动人，因为它是由住宅围成的广场，只是用水池代替了铺面而已。水面映出白云、蓝天的背景，有动感，有灵性。月沼，顾名思义，知道是半圆形，近似孔庙前的泮池，后查资料知道月沼的北畔弦上中央，有一座乐叙堂，是宏

宏村湖滨民居的天际线变化

宏村窄巷中的光影变化

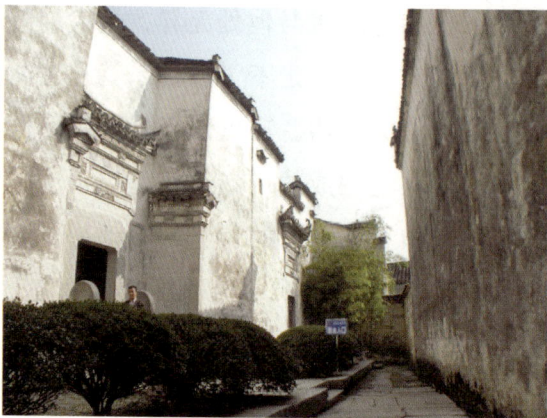

承志堂前院

村住家的总祠堂，建于明永乐年间。月沼应该是开辟了作为该堂的泮池，以显示其重要性。如今却为后代宅居所包围，形成世上少有的民居群景观。

月沼的四周，有几个大宅，门、墙高耸，经数百年岁月沧桑，墙面斑驳，风雨浸染，与邻近较低的民居青灰屋顶相搭配，是一幅幅感人的图画。宏村月沼可能是我所看到的人造环境中最使我心醉的地方。

自从公布为世界文化遗产之后，月沼已经整修，原已浸染得颇暗的墙壁明亮了许多，但仍不失自然渲染的原味，可知大陆的维修技术也是很高明的。乐叙堂已经整修得可以参观了，成为月沼的主要观光点。离月沼不远的一个盐商的大宅，承志堂，整修得更为完整，成为院落空间，建筑格局，砖、木精雕的陈列所。有一个供下人使用的三角形的小院子，可看出徽人使用空间的巧思。

九年前的那次参访，看完西递、宏村之后，又走了歙县很多古村落，还看了潜口的民居博物馆，又看了棠樾著

名的牌坊群。在当时，他们已经选定了几栋独立又精致的
民居，供研究民居的学者参观了，那时候，黄山之南的地区，
传统民居与村落几乎没有受到任何破坏。当地政府可能担
心各村落会受到开发的冲击，所以才有设置博物馆的想法。
没有想到后来竟因联合国教科文组织的世界文化遗产指示
保存了这两个最精彩的村子。

　　老实说，我这次再访皖南，整体说是失望的。因为土
地开发的浪潮终于来临。对当地人来说这是进步，是财富
的象征。徽州自从徽商衰微，已经近两百年了，他们也想
再度繁荣起来。可是伧俗的新建筑，带来了城市的俗文化，
把一个素朴、敦实、高雅的建筑环境破坏了。几年前所看

承志堂建筑精雕一例

承志堂建筑精雕一例

承志堂三交院落的木架墙与座椅

到的，遍地都是美丽民居与大自然和谐共处的景象，都已经消失无踪。即使宏村与西递的外围，也被商业性的开发所破坏，只有进入保护区的范围，才恢复我九年前的记忆。记得当年我们一行在山区道路上，经常看到一些美好的民居景致，要求司机停车摄影。可是这一次所看到的，却是受到城市住宅影响的新屋。

自黄山回来，由于冬季没有直飞香港的航线，研讨会派车送我们去杭州搭机。进入浙江的疆界，建筑的风格就从马头山墙变为出檐的屋顶了。也许由于浙江开发结果，沿途村落全为花瓷砖、西式楼房所取代，实难入目，我索性闭目养神，进了杭州城才睁开眼睛，看到新发展区的高楼大厦及宽敞的大道，到达前卫风格的萧山机场。

这也许是所谓进步的宿命吧！

（本文图片由汉宝德摄影）

韩国庆州行

　　一九七二年春我到汉城（今称首尔）开会，曾就便访问若干坐落在首尔的李王朝宫室及博物馆，颇惊讶于韩国古建筑与中国建筑之渊源竟如此之深厚。去韩以前，曾以为日本古建筑为研究我国古代建筑的必要知识，但看到韩国建筑以后，回想日本与中国建筑之间至多不过是受影响的关系。在构件上也许有假借之处，在精神与气质上却全然不同。但韩国与中国建筑的关系则确实是兄弟的关系。几乎可以说，研究中国建筑史日本可以不去，韩国却非去不可。日本所给我们的不过是明星式的一二座庙宇上的斗拱系统，韩国给我们的却是整体的感受。

　　那次短促的旅行，由于时间的关系，未能去韩国的中、南部百济、新罗的故都所在地参观，十分遗憾。特别是韩国观光局重点宣传的庆州及其佛国寺，距离首尔约七八个小时的高速公路旅程，来回一趟十分不便，加上语言之隔阂，简直不可能有往访的机会。我怅然而返的心情是可以想象得到的。以是之故，一九七三又有去韩国开会的机会，心里是满怀着希望的。该次开会本来是在首尔。若然，我

首尔德寿宫内的中
和殿

韩国的民屋

打算会后留韩国几天。很巧，由于首尔各旅舍人满为患，
会场改到中部大田附近的温泉镇儒城，这等于缩短了我一
半的旅程，访问庆州的机会就更大了。自儒城至庆州尚有
三个多小时的出租车距离，单人匹马行动不经济也不方便。
我约了几位对韩国古文化有兴趣的中、日学者，大家共同
租车，并请了一位韩国延世大学的助教为向导。这样一来
一切都很顺利了，后来我发现此种组织的一大缺点是大家
的兴趣不一样，特别是只有我一人学建筑，对文物的观察

曲尺形配置的韩国民屋

细密的要求不同。因此我也成为观光客，走马看花一番。
在短短的五个小时内遍游庆州是不太可能的，好在主要部
分已可掌握，总算不虚此行了。

　　此行中，我们并不以民屋为访问目标的，但韩国的民
屋给我的启示很大。"礼失求诸野"，看到他们的民间建筑，
使人恍如回顾我国汉、唐的时代，可惜匆忙中没有下功夫
仔细地研究。大体说来，韩国的民屋是多样的、自由的，
没有固定的格局。在台湾看惯了均衡对称的三合院，看惯
了闽南式的硬山房，看到他们十分"大胆"地使用各式各
样的屋顶，各式各样的组合，其意虽古，予人的感觉却是
很新鲜的。

　　从屋顶的形式看，以五脊顶、九脊顶为主，建造方法
较传统、较考究者，似均有曲线及翼角起翘，而且覆以灰

色砖瓦。通行于中国宋元以后的悬山、硬山房，在韩国极少，如有之，似属于临时性或附加性之建筑。新式的水泥瓦是有的，却没有我们民间的板瓦，这一点就予人强烈的汉、唐遗风之感了。在我所观察的例子中，九脊顶均有曲线，五脊顶在曲线与起翘方面似不太考究，有时只在垂脊的瓦上做点手脚，有一些翼角的感觉而已。很明显，在韩国似乎觉得九脊顶较五脊顶为高贵；在建筑组中，九脊顶使用在重要的建筑上。

回头观察中国建筑史，发现明清建筑的制度是不准许平民使用五脊顶或九脊顶的，而宫殿制度中，五脊高过九脊，至于翼角起翘当然更是民间所无的，这一点说明韩国建筑制度遵守唐制。我的感觉是五脊顶是汉代传到朝鲜半岛的，形式简单、平直、古朴而不华丽，为当时民间所通用。迨至唐代，九脊盛行，此可以敦煌壁画中之建筑形象为证明，传到朝鲜半岛后，它立刻为当地居民所接受，被认为系较进步较高明的建筑形式。唐代不曾限制民间使用，

建于 1968 年的庆州博物馆

朝鲜半岛自然也不会。在设于首尔德寿宫的国立博物馆内，我看到一个相当于唐代歇山顶的民房模型，可以作为一种证明，在庆州博物馆中亦有民屋的模型碎片，为翼角平直的五脊顶，可见远自唐代，韩国民间五脊、九脊通行的情形已存在了。一千年来，他们没有根本的改变。

从配置看，古风更是明显。韩国比较接近中国北方的民房，与台湾闽式三合院的基本形式不同。韩国民房的基本形式是长方形，有时绕以围墙。屋顶也许是九脊，也许是五脊。他们没有三开间制度，故长方形虽大致相同，内部平面的安排不一定与间架制度有严格的关系。这一点也是大异于明清制度的。较大的住宅是曲尺形，这种住宅特别通行在较拥挤的地方。首尔市内的传统民房曲尺形者最多，屋顶多为九脊顶，曲尺形的歇山顶，尤其是转弯处，相当复杂，但他们似乎很喜欢这种装饰味浓厚的手法。长

九脊模型（汉宝德摄影）

方形与曲尺形的建筑至少在汉代是通行的，自汉朝明器与画像砖、石上看，可以证明这一点。除了大宅与庙宇之外，对称的感觉并不存在，韩国乡间的大宅亦是对称的四合院型，没有发展为对称型的计划。我所观察到的韩国民宅，在长期的发展中，有时形成三合院，甚至四合院，但没有对称的意图，三合院可能是一个曲尺形加一个长方形。可能是三个长方形，但使用不同的屋顶形式。院落的发展显然是自然需求所造成的，而不是象征性的要求，所以没有一定的规则，有些比较严整，有些比较松懈。

在合院的情形下，正屋一定是歇山顶。若正屋为五脊顶者，住宅必甚简陋。两翼的建筑因不要对称，故很少相同的，其屋顶多为五脊顶。有时五脊顶使用在仓库、兽栏等附属建筑上。次要建筑使用的屋顶材料亦较简陋。这种屋顶的份位在大型建筑与宫殿建筑上亦然。在首尔的宫殿正殿多是歇山顶，但进口的大门及城门等较小型的建筑均为庑殿顶。

总结以上讨论，可以得出以下几项现象：

一、五脊（庑殿）顶自由使用，没有制度。

二、九脊顶（歇山）自由使用，没有制度。

三、九脊顶位阶高于五脊顶。前者较为正式。

四、两种屋顶均有长方形与曲尺形。

五、悬山顶很少使用，但亦可见。

六、无硬山顶。

七、很少三合院，单元为长方形，不对称。

庆州是韩国史上新罗王国的都城，自三国时代的新罗到统一新罗时代，其间数百年，曾经是东亚史上少有的稳定、安乐的首都，其建筑与艺术之成熟自不待言。直到今日，庆州仍是韩国古迹保存最丰富的地方。据说当年城市是依照中国城市配置的，虽然其早期之发展为自然的聚落。首尔国立大学尹张燮教授曾有详细之说明，韩国建筑史研究表明，其地理位置在三山二水之间丰腴的平原上，在农业时代，是十分恰当的国都位置。

自中国历史看，古新罗时期大约为佛教开始盛行的南北朝时期。庆州的黄金时代，人口近百万，相当于我国唐代的盛期。统一新罗时代是朝鲜半岛充分吸收唐代文明的时代，故它的遗物在艺术上是极为可观的，当然对中国的观光客具有特殊的意义。虽然如此，今天的庆州已完全失去了一千年前的规模，虽然是一个农业小镇，以观光业为主，所拥有的古迹还是十分可观的，散布在当年大庆州城的各地。以今天的市镇做参考，这些古迹散得很开，遍游不容易，故他们有一个博物馆收集了比较小型的珍贵古物，可供时间紧凑的游客作一广泛的接触，并收善加保存之效。我们这一群游客先到博物馆，这博物馆外表看规模不大，但进入它的大门，立刻为散置全院的石刻所吸引。新罗时代的浮影有极为古拙、粗犷的趣味，尤其一些薄浮影，使用线条，有浓厚的中国艺术的趣味。这些浮雕多是刻在石板上作为装饰的，属于中国平面表现的传统，虽然不为艺术史家所重视。我因时间与底片的缘故不能一一拍照，实在很遗憾，尤其那一列十二生肖的深浮雕。散置在院内的

庆州博物馆散置户外的浮雕石刻

十二生肖石雕系列中的马

第二类石刻是艺术史家较有兴趣的佛像,数量不多,但刻工很精,佛像、佛身、背光等均有唐代的作风,有些极为成熟。在博物馆正室的后面有一群供养人跪像,刻风古朴,也满有意味。较珍贵的石像则陈列在室内,均极生动,可惜在陈列上较呆板,反不如院内的吸引人,时间匆忙,就

庆州博物馆户外的佛像石刻

刻工精致的佛像——獐项里寺
石造如来立像

没有照相。第三类的石刻是与建筑有关的，比如柱础，石
塔，石灯经幢等。因为时间关系，匆忙地照了些相。这些
东西看上去十分熟悉，因多属于中国唐宋时代的形式，见

庆州博物馆外展示的柱础

庆州博物馆内展览着完整的鸱尾

于书本、照片等记载者甚多，今见其实物，内心极为兴奋。莲花的母题使用十分广泛，石塔与石灯造型均很简单，雕刻精致，却是朴实的石材的叠积。

陈列的主馆中，与建筑有关的遗物多为屋顶上的装饰，其中最令人兴奋的是他们保存了一个很完整的鸱尾。与唐大雁塔门楣石刻上的鸱尾比较，几乎完全一样，只是它是立体的形象，因此可见其背后的一面。我没有机会查询这鸱尾的来源，是完整的保存还是考古学家的复原。在陈列中，有瓦制的装饰件饕餮形象，弄不清楚其在建筑上的位

新罗瓦当

新罗瓦当

以莲花为母题的瓦当

置。馆内保存了不少的瓦当，均为唐代通用的莲花形，花
瓣的形状不一，瓣数多少不同。有一些较特别的莲花变样
是否属于韩国本地传统则很难说，我在这方面的知识是有

七世纪的国宝级大钟——国宝第 29 号圣德
大王神钟

瞻星台

限的。在庆州博物馆中有一座七世纪的大钟，当然属于国宝性的珍物，为它设有专门的房间陈列，保护相当严密。钟形古拙，口内收，饰以飞天、莲花等装饰。

自博物馆出来，参观了一些零星古迹，其中虽以七世纪的瞻星台最为闻名，但自建筑的趣味上说，当以芬皇寺的塔最有意义。该塔之时代与瞻星台均属于古新罗时代，约当中国唐代初年。当时新罗偏居一隅，在各方面均较落后，据说芬皇寺之建立，是请百济匠人完成的，在当时是小型寺院。寺之本身已完全湮灭，但自寺塔之遗迹看，其为六朝、初唐风格是没有问题的。据尹张燮教授说，芬皇寺原是单塔寺，

方形叠石的芬皇寺塔

四面上的假门与护神

芬皇寺塔四角的兽雕之一

塔应该在主轴上，后为金堂，再后为讲堂，则其配置方法是属于南北朝时期。塔的本身倒是标准唐代方形砖塔，各层屋檐是叠石出来的，史载该塔原为九层，后为日人毁掉四层，后代寺僧自己又拆掉两层，目前只保留了三层。由于它使用唐代的表现方法，故我看去是很有亲切感的。这座塔的趣味有两点。第一，虽然予人以砖塔的感觉，但实际上是石塔。看上去像砖的小石块，颜色灰暗，在其基座与开口的大石块对比之下，确有砖的性质。这说明了盛产石材的韩国在较大型的砖石塔上受唐代的影响很大，因此居然以石代砖。同时亦可说明文化的影响力使得韩国虽然建造了很多小型的石塔，但未能发展出大型石塔来，宁愿斩碎石块，放弃石头的特色。塔为实心，虽体形庞大，却无可容身之处，内部均以大石填满，为宗教之象征形式。第二点特色在于其基座四角之兽形雕刻及四方向假门两旁之护神。四角之兽雕浑厚、粗重，其中两座因风雨之侵蚀，形体莫辨了，但四门之八座护神，均极为生动，堪称唐代艺术之优秀作品。这种以大石块及精美的雕刻装饰砖塔，在平实之砖面对比之下，雕刻显得特别突出，似乎是中国砖塔中未曾见过的。如与西安小雁塔比较，中国砖塔比较陡直，虽同属密檐性质，在轮廓形式上要精致得多，没有突出的雕刻。中国的唐塔均以木结构之装饰作外表，精神相去更远。芬皇寺塔比较朴实，在感觉上接近于单层的山东历城神通寺四门塔，只是神通寺塔更为单纯而已。综合此两特点，我感觉这座塔的遗迹倒是很完整的，不太容易想象出它九层时代的样子，所余的三层是否在日本占领期间重修时改造过则不得而知。无论如何，它是极为动人的一个作品。

所谓"史迹第一号"的鲍石亭，是一个与建筑有关的遗物，有相当的趣味性，唯没有重要性。该处为庆州南区的新罗时代宫殿，据说是新罗王最后亡国前的居处。此一庞大宫殿已无所遗存，所剩为此鲍石亭。而所谓鲍石亭者，亭子早经消失，目前所见为此亭子的地面上的一条石砌的水沟。这条水沟的趣味是传说国王与臣子在亭中饮酒作乐时，沟内有一不停之水流，可供国王传酒于臣子，酒不会溅出。这条水沟不长，略成带形，围成一椭圆状的口袋，口袋的开口处伸出两段，一为水之入口，一为水之出口。在口袋相遇的地方，高度相差只有数寸，可想象其水流必然很缓慢，据说水为春天冰凉的泉水。此水沟自美术上说，其趣味在于石工之刻、砌均很精准，曲线转折等均十分优美，有一种雕刻的趣味。

我在水沟旁边徘徊，想不出当年他们怎样使用此一建筑。介绍的人只说国王坐在中间，这说法恐怕只是猜测。在不正式的集会中，国王、嫔妃、臣下使用一个空间的方式与正式的仪典中应该不一样的。既要享受园林中冶游之乐，自然不能过分道貌岸然，所以我猜想国王应当亲自从沟中拿酒，以享受这种趣味才对。水沟在地面上，不但是国王，即使是大臣，席地而坐也要弯腰去接过漂来的杯子。这水沟并不大，显然当年是把它当作一张大桌子用的呢！如果当作一张桌子，其他问题都可以解决了。这个集会不应当在口袋形之中间，不但空间狭隘，而且他们为了取酒

已消失的鲍石亭历史
遗物——曲水流觞

围成椭圆的石砌水沟是
鲍石亭的遗迹

必然相背而坐，就没有聚饮的趣味了。他们必然在水沟的
外面席地而坐，围成一圈。国王在哪里？如在中间，应该
在袋口的位置，面对围坐的臣下，则他自己大约不会自沟
中取酒。自空间上看，国王就无法左拥右抱，变成很乏味
的一种赐酒仪式了。所以我想还有一种可能性，是国王也
坐在外边，大家共同围着一张桌子，中间可以摆点心之类
的佐酒之物。由于此水沟有二处之曲线转折特多，似乎有
其特别意义。如果不是流体力学上的原因，是否表示该处

应该有重要人物落坐，可以不必很紧张地去捡拾酒杯，而让酒杯多逗留一刻？若然，则国王要坐在多转折处的外边才成。我胡思乱想，已超过参观史迹应有的客观态度了。为避免走火入魔，赶快照了几张相，就与它告别。但空间与行为的关系的问题，一直留在我的脑际，长久不去。

在此行中最有价值的目标当然是佛国寺。佛国寺离庆州有十几英里，原是背山而建的，建于公元五三六年新罗王国时代，公元七五二年再增建，成为规模甚庞大之寺院，李王朝时期，日本侵韩，败退时放火把它烧了，故所剩下来的只有石砌基坛，大殿前的两座石塔，及各建筑物的基座。李王朝时代把它重建起来，故建筑的风格近乎宋代，斗拱是一种八铺作以上的形制。在近几百年中，大部分木建筑又已倾坍，所剩的不过是大雄殿、紫霞门、极乐殿等几座较重要的建筑，在李王朝的几百年中亦历经改修。最近几年，韩国政府为发展观光事业，就把这座李王朝时代的大庙整修起来，是否有考古的根据不太清楚，但庙宇木

被列为世界文化遗产
的佛国寺入口处

佛国寺大门

结构的彩画显得粗俗，不若观光数据上未经改修前那样朴实、雄浑。在首尔时，尹教授已经告诉我，他们改修了佛国寺，他的印象是糟透了。不管怎么说，整修后的佛国寺对观光客而言无疑是很成功的。从一个观点看，整修的行动虽有所失，却亦有所得：所得者为由于正门，侧廊等的屋宇翚飞所造成的雄伟的气象，在目前已被列为国宝，不准上登的白云桥前，不少观光客为这种壮观的气象所吸引。香港中文大学崇基学院文学院沈院长感慨说，他没有见过这样壮观的、漂亮的建筑。壮观的主要原因是台基，据我所知，中国建筑史上似乎没有这样的基坛。这座基坛有堡垒的意味，当年是否需要防卫性则不知，也许是韩国本位文化的表现吧。

佛国寺庭园一隅

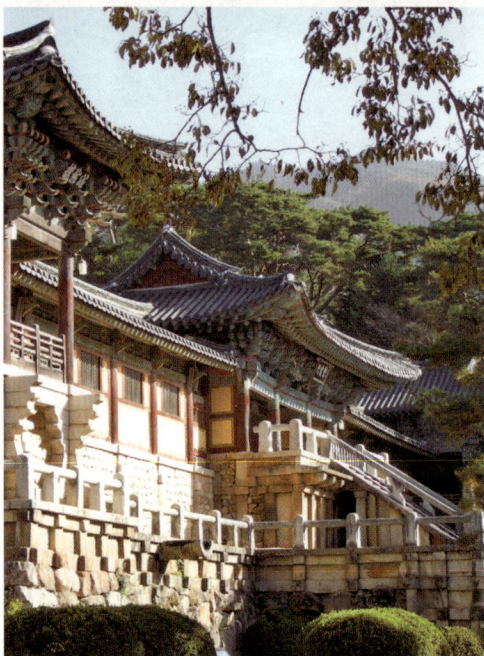

佛国寺紫霞门前的青云桥与
白云桥

　　台基大体上说分为两层，第一层是属于整个佛寺的，它的高度相当于较低的寺院，如极乐殿的地面高度。第二层则为金堂正院的地面高度，但由于互相错落重叠的关系，看上去是很活泼的。作为正门的紫霞门，高踞两层台基之上，每层均有一跑的梯步，下有拱桥，分别为白云桥、青云桥。台基的构造是很有趣的：一种粗石与石条的奇怪结合。大体上说，石条是当作木材使用的，粗石则是填充的材料，属于未经成熟的石结构性质。处理的手法可大致分为三种，第一为正院之第一层台，是用大块粗石叠起，上部则用石板与石条砌成蜀柱模样，上承平坐及其栏杆。第二种为侧院及正院廊下的部分，使用石条完全与上面的木结构配合起来，属于木结构的性质，粗石块较小，但用为填充。第三种为梯步及其下之拱桥，完全用石板与石条砌成，有强烈的木造色彩，即使拱亦刻石而成，外形没有石拱的样子，与中国约略同时的赵州桥比较起来，显然看出当时的韩国在技术与美感上落后很多。但自今天看来，这种原始的趣味与材料、技术上所呈现的矛盾，虽典雅不足，却有另一种深刻的悲剧趣味。

自庙边的山坡上登至金堂院，两座国宝石塔就成为大家的兴趣所在了。大雄殿的右边为释迦塔，左边为多宝塔，

作为正门的紫霞门

石材叠起的台基

均为新罗时代之古物。释迦塔是小型的方形密檐塔，高约
七米四。有双层台基，塔身为三层，上有五层之刹，予人
之印象极为简洁、优美。此塔木造的形态很少，在基坛上
有同于大台基飞桥的石条、石板的作法。塔的本身只在四
角有石柱，没有柱头与枋的痕迹，故木造之感觉不显，石
塔的趣味就盎然了。檐上的屋顶刻出轻微的曲线，增加了
优雅的感觉。多宝塔在左边，高约十米四，形态非常复杂，
与释迦塔构成强烈的对比。从文化的观点上看，多宝塔比
较有韩国本土的趣味，没有多少唐文化影响的痕迹。塔分
三层，第一层之下为台基，有梯步可上登，由光滑的石条
嵌石板建成，是韩国的趣味。第一层由四根大方柱子组成，
每根柱子上有柱头，其轮廓近希腊多立克式，平面则为十
字形，故柱头与枋子相平行，在外表上看，好像双层挑出
的柱头，外观极为粗壮，有迈仙尼文化[1]的趣味。这四根大
柱子的上面是一个很轻快的石屋顶，翼角有曲线，予人奇

---

[1] 编者注：即迈锡尼文明。

突的感觉。屋顶以上则是一些细巧雕刻的堆积，构成几乎无法细分的第二、三层。屋顶上安置着石栏杆，是以石代木造，有斗形，扶手为细圆石。塔身则由灯笼形的支撑托着八角形的平坐，平坐栏杆上有莲花的母题，有蜀柱及圆形的扶手。塔身向上则由四个竹节形的石柱，托着莲花形的露盘，雕刻曲线很细致、优美，可勉强称为第二层。自此再向上则为倒立的八只脚，很像夸张之荷叶，顶起一个八角的屋顶，屋顶之翼角均略起翘，可称为第三层，顶上有三层刹之相轮。这样一个很奇特的组合，在当时代表怎样的意义，已在我们的知识之外，希望韩国的历史学家能有

大雄殿右的释迦塔

大雄殿左的多宝塔

很深入的研究。据尹教授之说明乃下方上圆,是独创性的,女性的,反映方、圆之宇宙观,乃旷古之杰作。这样笼统的说法,自然不能找出形态象征上更深一层的意义。

建筑之本身除了配置以外,没有什么很多的趣味。大雄殿室内不准进入,彩画又十分鲜艳,只能自门外看看属于国宝的两座新罗佛像。紫霞门给我的印象很深,主要是其内部之结构。一般说来,韩国之大木,斗拱之尺寸多有宋风,但晚期之装饰过繁,反而不如清官式清爽。它的装饰常常是木板刻出的,上面涂了花纹,与斗拱之壮丽感不太相配。紫霞门外观八铺作的斗拱,内部竟用装饰板取代之,实在可惜。大雄殿的四角甚至有拙劣的龙头倒垂下来。紫霞门是三开间,其内的结构,在中间的两个缝上,介乎金柱与檐柱之间,有形式很特别的一对月梁。由于金柱上的枋高过檐柱很多,檐袱(梁)搭在斗拱组之上,下面需要另一梁材固定,故这根月梁成曲线斜插在两柱间。不知为了什么缘故,两根月梁,一向上弯,一向下弯,看上去很别扭。但这一点使我觉悟到月梁的产生可能不是如我在《斗拱的起源与发展》一书中所说的,是受"月梁"名词的影响,在唐宋形成的装饰。事实上可能在六朝,甚至以前,金柱以内的架构高过檐柱,在联结两柱时,由于结构的必要使用了一根曲木,日久演变为月梁。无论如何,像紫霞门这样一个外观极为优美的结构,内部竟如此杂乱,实在使人感到怅然。

自整个配置看,佛国寺是正门、双塔、金堂、讲堂的唐代格局。金堂是比较重要的殿堂。大雄殿等于金堂,作

佛国寺大雄殿

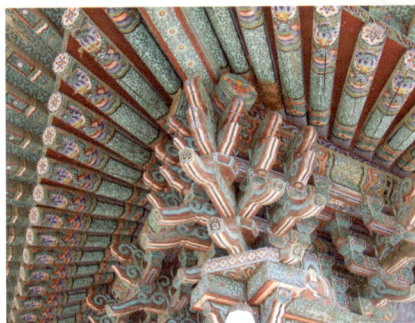

佛国寺观音殿的斗拱

紫霞门的一对月梁

紫霞门繁复的彩饰

初建于公元 528 年的佛国寺，于
1973 年重建后的样貌

佛国寺一隅

石窟庵

为讲堂的是新修建的后殿，其是悬山式顶，几乎是回廊的
一部分，把金堂显出来，极乐殿所在之西院情形更为明显。

　　对佛国寺做了一次简短的拜访以后，本打算去有名的石窟庵。但因修路，汽车开不上去，据说要步行一个多小时，而且不能进到石窟，我因骨伤未愈，只好忍痛放弃。据说石窟庵内藏着新罗艺术中最美的一座石佛像，以及雕刻精美、具有高度唐风的文殊菩萨与深浮雕的十一面菩萨。因去不了，买几张明信片聊做纪念，怅然而返。

石窟庵内的石佛像（取材自"佛园寺·石窟庵"简介）

返大田以前，我们看了五陵。庆州有很多王及妃之陵墓，规模庞大，等于收费之公园。五陵可能是其中最大的了，但在建筑与艺术上不若其他陵墓有价值，主要因为它没有陵墓的石刻。五陵又称蛇陵，是新罗始祖及其后三代之王与妃陵。经过刻意的保养，陵墓成为一些富有雕刻意味的相连着的小丘，丘上是如毡之绿茵。陵墓由古松林包围着，尤其增加了肃穆的气

石窟庵内的十一面观世音菩萨佛像浮雕

石窟庵内的文殊菩萨佛像浮雕

庆州众多陵墓之一的
五陵

五陵一隅

氛。很有趣的是陵前的石供桌，由几块角棱磨得浑圆的石块叠成，不但韩国文化意味浓厚，而且具有浑然、朴素的兴味。这几块素石组成的供桌，与由青草覆盖的庞然的陵墓对比起来，真是很动人的地景。

在进入高速公路之前的一个加油站旁边，我们遇到一群身着传统韩服的农妇围成一圈，载歌载舞。天色近暮，在远山的背景下，歌声随古装飘扬，意味盎然，令人恍如隔世。

（本文图片除注明者，余皆由黄健敏建筑师摄影）

吴哥三窟

　　吴哥窟原是一个很神秘的地方。近年来，由于高棉的政情趋于稳定，立即成为世界旅游的胜地。台湾人在探险寻胜方面向来不落人后，自二〇〇一年下半年开始，报上不断出现有关吴哥窟的介绍，令人心动。所以就于二〇〇二年二月间参加了建筑界几位朋友组成的旅行团。

　　吴哥窟是世界建筑史上的胜迹，可是因为东南亚一带文明落后，不论在西洋，或在东方，都受到忽视。学建筑的人根本没有机会了解其实况。读建筑史，有西洋史，有中国史、日本史，也许会涉及一点印度早期佛教建筑，但绝对没有理解高棉建筑的机会。在通俗的世界建筑史上总会出现一张吴哥窟的照片，众多的尖塔，方正的格局，充满神秘的气氛。再多也就不知道了。但这一鳞半爪的知识，也足以引起好奇心，希望有一天可以走一趟，探访此一胜迹的奥秘。

　　其神秘性自这个名字上就看出来了。"吴哥窟"是怎么翻译的，我不明白。可是我一直好奇，为什么一座神庙被称为"窟"。因为佛教的建筑自石窟开始。我国有几大石窟，均为重要文化胜迹，我不能不把吴哥窟联想为近似石窟的建筑。后来我才知道，这窟字可能是某地方方言的音译，原文的意思是庙。其实"吴哥"的音译也容易引起一些想象，若照原文，应译成安哥才对。这个名字不但引起一些不切实际的想象，而且对整个高棉王朝的古建筑遗迹来说，也不适当。

抽象意义与宗教信仰结合的吴哥建筑

吴哥是高棉帝国的首都。高棉帝国在相当于中国唐代时开始兴起，到南宋与元代时最为兴盛，是统治了整个中南半岛的强权。在五个世纪间，当地人用石块建造了不少的庙宇，至今大多尚存。所谓吴哥窟，不过是其中保存比较完整，规模也最为壮丽的一座而已。联合国教科文组织的文化遗产部门，就是因为它合乎保存文物

综合佛教与印度教的高棉吴哥建筑

以山的形象礼拜神祇的高棉石庙

的条件，才选它为世界文化遗产。其实整个吴哥遗址，数
百座建筑都是人类史上重要的文化遗产才是。

　　其实高棉帝国在几百年间在吴哥建都，当年的都城情
形如何已不太了解。如今只剩下一些庙宇，散落在吴哥的
四周，可知首都是常常变动的。以我推断，他们在洞萨湖
北边的肥沃土地上建都，最早应该靠近湖边。所以比较早
期的庙宇都近湖些。到了帝国的盛期，也许出于军事的理
由，才建设了今天我们所看到的吴哥城。这座城是十三世
纪完成，一直用到十七世纪，高棉帝国衰亡。对中国人来说，
吴哥窟究竟属于什么教也不容易了解。我们对于印度教与
佛教本来就分不清楚，何况基本上属于印度文化影响区域
的东南亚建筑。在印度，佛教属于改革派，改革后未被印
度人所接受，所以佛教在印度的遗迹多为石窟或塔，并没
有明确的庙宇的形象。印度的文化传到东南亚，并没有改
变当地的社会组织与民间信仰，却把庙宇建筑与印度神祇

的崇拜引进来了。只是高棉人在湖边的平原上发展出一种
比印度本土还要有表现力的建筑形式，几乎完全把建筑几
何空间的抽象意义与宗教信仰联结起来了。甚至使人感觉
印度教的代表性建筑在高棉不在印度。

可是不知何故，在十二世纪中叶，大乘佛教传到了高
棉。一旦帝王皈依了佛教，在国力鼎盛的时候，就不免建
造庙宇。可是高棉原是印度教的国家，他们习惯于建造印
度教庙宇已经几个世纪了，而且在十二世纪初才完成了今
天称为吴哥窟的大庙，要他们完全排斥印度教的建筑形式
与象征是不太可能的。因此他们就很自然地把佛教加到印
度教建筑上了。这就是印度文化圈的佛教建筑胜迹不在印
度的原因。又由于高棉印度教建筑的规模宏伟，又为石块
砌成，经佛教化后，就成为世上最宏伟、壮观又耐久的佛
教建筑了。

下面我试介绍吴哥地方的三座主要建筑，因为每座建
筑都有石窟的感觉，乃以吴哥三窟戏称之。窟者，庙也。

印度教的庙宇为什么与中国文化圈的庙宇有那么大
的差别呢？因为中国式庙宇与西洋的修道院类似，虽有崇
拜神祇的教堂为主体建筑，却是以僧众修行为庙宇建筑存
在的主要目的。即使是主建筑，其空间也是供信众崇拜之
用，神龛的位置所占空间非常有限。至于后世建在城里的
庙宇或教堂，更是为大众礼拜或听讲之用，几乎是一种讲
堂的性质。印度庙就全不是这回事了。印度教的庙完全为
荣耀神的存在而存在，所以没有考虑人群聚集的空间，所
以建筑的造型比建筑内部的空间重要，要怎么表示神的伟

吴哥遗迹之一的东美朋寺[1]

大呢？最基本的造型就是山。把神与山的形象连在一起是大多数民族都发展出的观念。山的永恒性与崇高性最容易激发宗教的感觉。即使少有宗教信仰的中国人也崇拜泰山。

所以印度教以山为庙的雏形并不足为怪。印度神话中，神山是诸神的肚脐，因此庙就是山，也就是宇宙的缩影。他们的庙与佛教早期的塔是同一性质。内部除了走道之外，中间只有一个象征物，所以自外表看上去就是一座山，或者是一群山。佛教的塔原也是一座山，来到中土之后，就与汉代的楼阁合而为一，变成一座楼了。可是密檐塔，用

---

① 编者注：即东梅蓬寺（Eastern Mebon）。

雕凿精美的女王宫

被方形水池围绕的
女王宫

砖砌成，其形状与后期印度教的庙仍相当近似，仍保有山的形象。唐代以前，佛寺以塔为中心，在崇拜的意涵上，亦不脱印度教的影响。六朝以后，佛教中国化完成，寺庙建筑才变成今天我们所知道的格局。

话说回头，高棉帝国当时确实国力鼎盛，可是在一百多年间建造了这么多石庙，被后来的考古学者认为与古埃及、玛雅的庙宇相较，也有过之而无不及，就把国力销蚀净尽，再也没有力量抵抗外来民族的压力。所以到了相当于中国的明代时，建筑的活动已完全停止。勉强撑到十六世纪末就灭亡而销声匿迹于丛林之中，吴哥的地位就被金边取代了。因此高棉帝国的建筑是以佛教建筑收尾的。后来的帝王又改信印度教，就把许多佛像破坏，所做也不过修理印度教庙宇与皇室而已。

对于中国的游客来说，吴哥留下来的那么多遗迹，有不知从何看起之感。建筑家要看的门道就与建筑史的爱好者未必相同。喜欢追源溯流的人，这些遗迹可以提供一个完整的高棉建筑发展的全貌。比如早期，也就是九到十世纪，平面的格局并没有一定的模式，似乎在一个方形的或长方形的院落内，随着帝王与设计者的意念去安排一些塔形庙宇。当时的动机已很难推想，然而只是玩味这些不同的空间就很丰富了。

开始时，帝国之力不够强盛，很多庙是用砖盖的。有时内用红土，外覆以砂岩石板。使用石板就开始有金字塔

女王宫墙面上布满深浮雕

忍冬草纹对称展开的神话雕凿

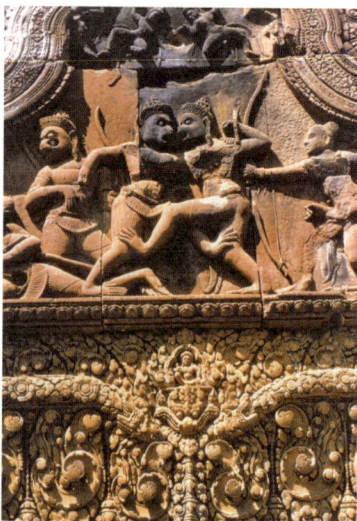

女王宫柱身都凿雕装饰图案

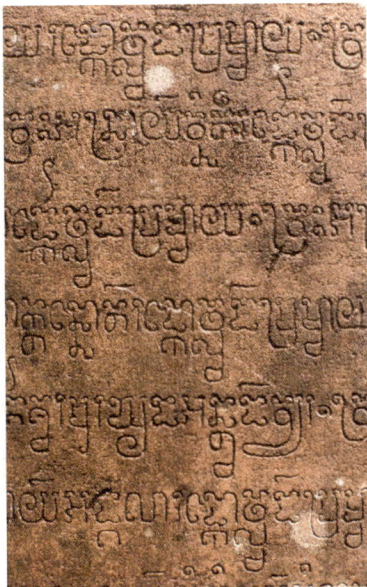

女王宫墙面上宛如图案的文字

式的纪念性了，可是使用砖另有好处，就是保护砖面要用石灰灰浆粉一层，而有了此一层粉底，就可以做出非常细致的浮刻装饰。这个时期的面饰大多毁坏，但留下的一鳞半爪，也令人感到惊异。

使用砂石，就开始接着在石面上雕出原由灰泥塑成的细雕。因此前期的高棉庙宇，在雕凿的装饰上是空前绝后的。最好的例子就是今天俗称的"女王庙"。这座小庙建于十世纪的六〇年代，是现存唯一的一座非由帝王建造的庙宇，因此不在都城，离吴哥向北大约二十公里。是一位帝王的亲信所建。因为远离吴哥，才保存得完整，发现得晚，若早发现，恐怕早被偷光了。据说一九一四年发现后不久，就被后来做到戴高乐的文化部部长的家伙（马鲁）偷了四块，

女王宫的中央部分

女王宫一隅

幸被逮到而物归原位。

与其他的庙比起来，此庙精美可爱，像小孩的玩具。整座庙几乎都为装饰所包被。可是我发现有些地方，装饰是灰泥塑出的，主要的刻饰是深浮雕，大多在门楣上。主题多是印度教的神明，表现生动有力。环绕此一神明的是深雕的忍冬草纹，对称向两处展开。在旋形图案中，为了生动，增加很多人物故事，其内容与庙内供奉的神祇有关。除了门楣外，这座庙的墙壁上、边缘上、基座上都布满了雕凿的图案。壁面的中央做神龛状，中立一男神或女神，十分精美可观。四周仍以花纹围绕，予人以丰盛、华丽的感觉。

这座小庙由于规模

精美可爱的女王宫
好似大模型

予人丰盛华丽感的
女王宫

小，参观时不会有劳累感，又有精细的雕凿，适于近观，确实是观光者最喜欢的地方。可惜为了保存，中央部分不准进入。好在距离不远，其细节大体仍可看到。即使是建筑师，也可像研究模型一样，了解其造型的组合。参观者到了那里，绕着圈看，实在舍不得离开。喜欢照相的朋友不停地按下快门。庙的外圈本来有一个方形的水池，有些干涸的现象，但仍可看到倒影。

　　不知何时起，吴哥的庙宇采用方形或长方形的层层城廓式规划。这一点与中国明清的北京城规划者的见解相近。

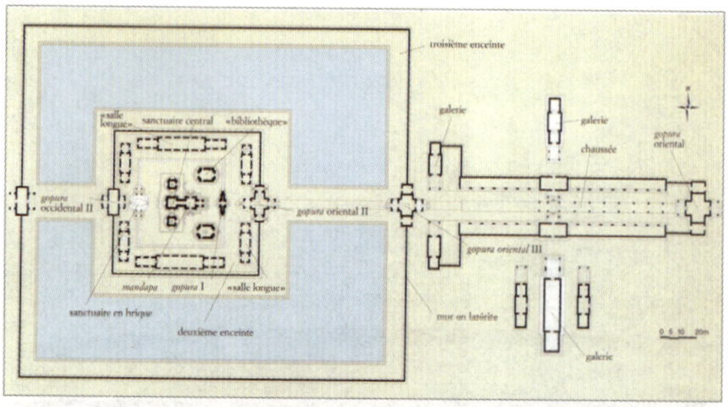

女王宫平面图

女王宫参拜道两旁的
短柱

作为柬埔寨国徽的吴
哥庙

女王宫虽小，已经是三层圈圈了，不但如此，东向的进口前且有朝拜的长道。高棉文化中的这一空间构想早过中国人数百年，说不定是受吴哥文化的影响呢！

看上去，这样以空间的尊贵表达对神的尊敬是一种高级的文化，然而印度教的宗教象征却是十分原始的。虽然在庙宇雕饰中有很多人体的形象，却不是偶像。那是以人世的现象来描述神力，以教育民众。他们信仰的神是抽象的，也是几何形的。最受高棉帝王崇信的神是湿婆，是帝国的保护神，其实是没有形状的，其象征就是男性的生殖器。对中国人或西洋人来说，很难想象一座大庙是为生殖器而建，在主庙之中所供奉的只是象征生命力量的一个短

吴哥庙平面图
（取材自 ANGKOR-CITE KHMERE,2000）

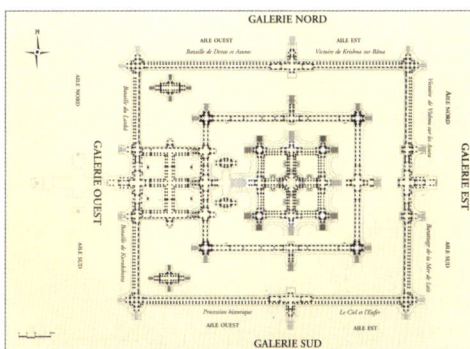

吴哥庙内围四角的配塔

吴哥庙入口

柱。在"女王宫"的参拜道的两旁就各有一排这样的短柱。
对于不习惯抽象思考的外来者，这简直是淫荡了。

　　参观十世纪的女王宫要在上午，因为面东需要早上的
阳光才呈现其雕凿之美。要参观最重要的古迹，也就是属
于世界文化遗产的吴哥庙，就要下午去。这是一座陵墓，
面西而建，没有下午的阳光看不清楚。吴哥庙是吴哥规模
最大的一座印度教建筑，也是最具经典性的高棉建筑，其
重要性是说不尽的。它建于高棉帝国的盛期，十二世纪的
上半段。整个建筑占地二百公顷，略呈长方形，主建筑在
中央略偏东，占地约九公顷。主建筑以廊围成三层，呈金
字塔形，最上面是五座塔组成，中央主塔，四角为配塔。
外缘也有三圈，护城河之宽度近二百米，西向正门最为壮
观。参观这座庙就需要些体力了。

　　由于这里保存得好，就有机会仔细观察高棉的塔式建
筑。它与印度塔相近，远远地看像中国南北朝时期的嵩岳
寺塔。虽同样是密檐，高棉的塔却不是多角的圆形。高棉

的塔是亚字形，有四面，四门，四角补满了犄角，形成一个近似圆形塔身。塔内中空，外观共九层，下面的六层，每层高度向上迅速递减并内收。其上三层则为近似莲花座的顶盖，为正圆形。总体来看，造型近似炮弹。以石造建筑来说，这是最轻快的流线型了。吴哥庙有九座塔，中央一座最高大，内圈四角各一座，中圈四角也各有一座，形成壮丽的塔山，如今是柬埔寨的国徽图案。

　　吴哥庙除了规模最大，格局最严整，主建筑中央高过二十层楼外，另一特点是建筑上布满了雕刻。建筑家可能只注意空间与造型的特色，喜欢高棉艺术的人，这里简直是高浮雕的宝库。可以想象在过去，建筑中一定有大量可移动的雕刻，已因战乱散失到西方博物馆中。只看浮雕已

吴哥庙外围与次圈之间的内庭

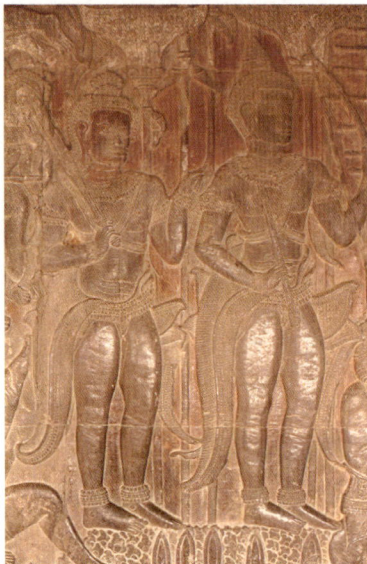

吴哥庙建筑外圈廊道的薄浮雕　　　　　　吴哥庙廊道墙面以战争为主题的薄浮雕

经美不胜收了。这里的浮雕，除了在建筑上装点的以外，
集中在主建筑外圈的廊子里。总计约六百米长，两米高的
薄浮雕，是世界艺术的奇观。可惜参观的人大都匆匆忙忙，
没有时间仔细看。这是高棉帝国在浮雕上的成熟作品，真
正喜欢艺术的人是看不厌的。大部分观光客自西南角上登
廊子，向北走，看到的是印度史诗上一段战争的故事。两
军相遇的大场面，描述极为生动。最热闹的部分是两军杀
成一团的场面。观光客忍不住用手去摸，已经摸得横七竖
八的士卒身上油光闪闪。近来为保护古物而围起来，只能
看不准动手了。

　　我到吴哥庙有两大遗憾，第一就是时间短，没有看遍
外廊浮雕，第二是左腿有疾，没有爬陡斜的梯步，上登最

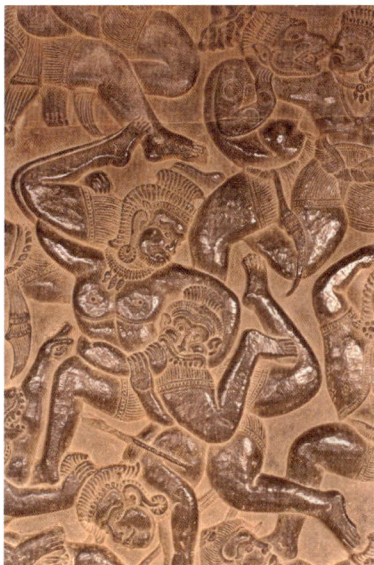

经观光客手摸造成薄浮雕油光闪闪

吴哥庙的雕刻堪称世界奇观

高层。这里需要至少一整天的时间，对于一般跟旅行团的观光客，这是不可能的。以我如此喜欢薄浮雕的人来说，未能详加欣赏，离开吴哥庙，又不知何时再来，真是情何以堪！

到了十二世纪后半叶，贾亚瓦玛王七世[①]在位，高棉帝国的国力到达顶峰，建造了当时世上最伟大的城堡。吴哥在当时人口众多，帝王为他的宫殿、政府官员、军队建一座城堡是理所当然的。这座石砌成的吴哥城一直使用到十七世纪。吴哥城之格局像一座硕大无朋的庙，正方形，边长三公里，东西南北四门，正中央是一座庙，就是最重

---

① 即贾亚瓦曼七世（Jayavarman Ⅶ）。

吴哥庙内美不胜收的雕刻

夕阳余晖下的吴哥庙内廊

要的百扬庙，过去称金庙，当年大约其主塔是贴金的吧！
这座城，这座庙，如果是十二世纪上半叶的延续，那就会
是吴哥窟的翻版，没有今天所见这样动人了。有趣的是恰
在此时，贾亚瓦玛王皈依了大乘佛教。我们对这段历史未
曾深究，只知道这位帝王在修城建庙的时候要发扬佛教的
精神。然而把佛像与建筑相结合的创意，实在是人类史上
的杰构。

　　创造有时是很多限制条件所逼出来的。佛教进入中国
时，因中国没有自己的宗教，所以几乎未受什么限制，轻

易地与中土的建筑相结合，甚至舍宅为寺，只要在原有的建筑中摆放佛像就可以了。可是高棉帝国在接受佛教前，信奉印度教已有几个世纪了，而且发展出如同吴哥庙那样成熟的高棉式印度教建筑与艺术。在这样的建筑与工艺环境下加进佛教的信仰实在是很困难的。尤其是大乘佛教很重视佛像。

在一个没有室内空间的印度塔庙中安置佛像实不可能，而又不可能改变传统建筑的各种背景，不知是哪一位天才想起把佛像刻在塔身上的办法。

前文说过，印度塔庙的主体就是密檐塔。是用石头砌成的四正面的近圆形结构。这四个正面的地面层是门，门之上是门楣，楣之上为三角形的楣饰。通常这是雕凿最多、最精美的地方。上面才是层层密檐。在建吴哥城时，这位

攀爬陡斜的梯步是吴哥庙的探胜之一

吴哥城南大门外

由一大二小的三座塔组成五大
佛面之南大门

南大门前的护城河长桥栏杆

天才很自然地想到，把楣上三角饰的位置改为一个硕大的
佛头，就把印度庙改为佛塔了。这一发明乃创造了吴哥艺
术与建筑最精美的一页，比起印度塔来要精彩得多了。

　　看吴哥城要上午去，先到南大门。在东方偏南的阳光下，高耸的门楼上的巨大佛面，光影显明，散发出令人惊异的美感。进大门，要经过护城河上的长桥，两边各有善面与凶面护神的栏杆，恰恰提供了足够的距离，让我们欣赏门楼之美。这座门楼是由一大二小三座塔所组成。二小塔夹着主塔，构成坚实的雕刻体，共同利用正面雕出四个方向的佛面。以建筑的现况来看，除了佛雕之外，没有任何雕饰。所看到的是大石块的素朴的量感。大门的开口后有楣梁，而砌成三角拱，富于力感。好像一座近似天然的石山，岩块的突出部分，显出慈祥的佛面，厚厚的嘴唇透出微微的笑容，令人感动。佛面上的密檐好像佛头的硕大的帽子。在门口与佛面之间及两侧塔座上又雕刻了整排的护卫天神，使这座大门不论在整体造型上与细部装饰上，都是吴哥最有艺术价值的作品。

百扬庙高耸的塔山都是佛面

百扬庙佛面塔山细部　　　　　　　　四方微笑的佛面

过南大门，到了百扬庙，你看到石山上隐出的那么多佛面，才不会感到过分惊讶。这座当年的"金庙"残破得严重，不知为何没有进行修复。我推想地面层应该是颇为富丽的，如今只见断柱残壁，衬得高处巍然而立的塔山，及四方微笑的佛面，特别令人感动。用巨石砌成的艺术，比纤巧的刻饰更能代表文化的精神吧！在残破的外廊墙壁上，砂岩上的浮雕仍然清晰可观。在质量上不及吴哥庙，但其面积之大仍令人动容。浮雕描述的不过是帝国征战的功业。在南壁的一角近地面处，我发现一景，刻画着高棉的大军，脚下践踏着束有发髻的中国人。这些大概是南宋士兵吧！可见当年高棉帝王的傲气。

　　庙面东，格局为东西略长的长方形，依东西轴对称。这一点与印度庙相同。可是它外缘的九座门厅扩大了很多，我怀疑是放置佛像的场所。经过数次浩劫，这些宝物都到各国的博物馆里去了。攀上两层高台，就到了顶层。这里的平台是十字形的格局，平台上有些神龛似的小型塔庙，都刻着四方佛面，使游客可以近前观看，与佛面合影留念。这些塔庙大小各异，又互相靠近，形成面面相映的情境，塔身由方石块砌成，又无其他装饰，因此造型感强烈，很像现代雕刻家的作品。

　　十字平台的中央是圆形的，由八个小塔围成的主塔，是不是象征八面佛法，无处不及的意思，有待思量。可是最费猜疑的是这些塔身中那些狭小的空间做何用途。对佛教而言，除了当作洞窟修道之外都是没有用的，可是帝王

百扬庙壁面的征战图

征战图细部

怎可能建此堂皇的庙宇，当成修道的洞穴？这样的矛盾好在很快就解决了。十三世纪中叶的帝王又改回印度教的信仰。他们也曾毁过一些佛教的艺术，可是毁不了高高在上的微笑着的佛面。然而塔庙中央很容易放上一根短圆柱，以男性生殖器为象征的湿婆神很自然地就鸠占鹊巢了。如果你仔细看，这些无处不在的佛面，并不像外国人所说的都在作神秘的微笑。你定睛看，会觉得这些慈祥的面容是有感情的。有些显得悲苦，有些显得欢乐，也有些蕴有怒意。这是众生相，说不定在述说高棉人几百年的喜怒哀乐呢！

　　说起来，高棉的历史是很悲惨的。在吴哥城完成后大难就来临了。本来已经有强敌环伺，帝王们还热衷于建筑，

把国力耗尽。林木被砍伐过甚，水利系统荒废，农产因而
衰微。金边因近海运之便，逐渐代替吴哥，成为新的首都，
吴哥就被丢弃了。在热带，被遗弃的建筑很快就消失了。
并不是自地球上消失，而是为快速成长的树林所掩盖。人

百扬庙平面图
（取材自 ANGKOR—CITE
KHMERE,2000）

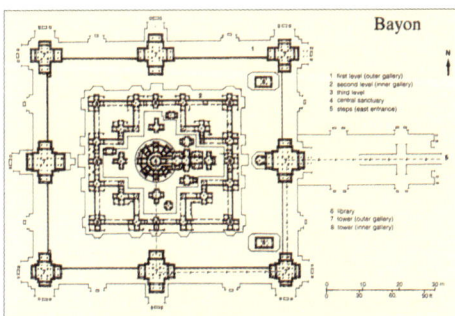

百扬庙一隅

口急剧减少后，临近的农田荒废，没有人来清除不需要的植物。大规模的建筑也许不至于被树木侵袭，却也免不了为苔藓等覆盖，而面目全非。规模比较小，附近有树林的建筑，就会被树木侵入，以至于倒塌。热带树木的根是很可怕的力量，侵入地下，建筑会全倒，侵入地上会把建筑包起来，像群蛇一样地钻进缝隙。吴哥城附近东略偏南，有一小城堡，内有一庙，称为塔普罗姆，可为见证。事实上很多庙都曾被树林"攻击"，在法国人整理时清除重组。

百扬庙塔身的狭小空间令人费思量其用途

百扬庙旁的护兽

　　这座庙是法国人有意留下来，让后来的访客可以体会沉沦于丛林中的庙宇的情况。

　　可想而知，吴哥被丢弃了几百年，法国人一旦发现时所感到的惊讶。吴哥的研究与保存是法国人的贡献，自十九世纪末以来，法兰西远东学院以及若干学者个人尽了心力把吴哥呈现出来。可是无可讳言的，巴黎居美博物馆内的一些收藏也是来自吴哥。真正的灾难是二十世纪七十年代法国人离开后开始的。内战期间，双方都很尊重吴哥的国宝地位，没有加以破坏。红棉执政时间，老百姓受尽了痛苦，对古建筑虽未加照顾，也未蓄意毁坏。吴哥的灾难都是外人造成的。除了今天已不太清楚的古代战乱与抢劫外，自二十世纪开始就有偷盗古物的事情发生。法领时期是以偷为主，前文中曾提到做过文化部部长的马鲁曾因偷石雕被捕，因法国的政府是持有保护立场的。

最严重的阶段是红棉政权被推翻，越南军队进驻的十几年。外人掌权，虽可使民众得到比较自由的生活，可是对吴哥的古物无珍惜之念。先是把可以拿走的小件换取三二美元，后来更变本加厉，用车辆来运走建筑构件与石雕。这种情形持续了二十年，才引起今高棉政府的注意，并由联合国出面协助，终止了可怕的破坏行为，并成立政府单位管理。

不久前我在台北看到若干珍贵的高棉文物，不禁去推想这些文物也是趁火打劫来的吧！

（本文图片由黄健敏建筑师摄影）

东京访古

东京孔庙

　　东京对我好像是一个很熟悉的城市了，因为我曾经在那里停留过多次。然而我所知道的东京，仍然是观光客所知道的东京。一个庞大的国际性都市，有一千多万人在里面过着各式各样的生活，数百年的发展，留下无数的时代的痕迹，对一个外来的过客，即使要了解一鳞半爪也是不容易的。所以偶然听到东京有一座孔庙，我居然不曾去拜访过，并没有感到非常惊讶，只觉得有点惭愧而已。

　　一位日本朋友带领我自新宿的旅社搭火车往秋叶原方向，到他们的公司办事。在前一站停站的时候，我看到河川的对面山坡上一片蓊郁的树木，树丛中有灰灰的庙宇屋顶。他告诉我，这是孔庙。真惭愧，来东京这么多次，为

东京银座市容

具有国际性的东京都

什么没有想到他们也应该有座孔庙？我大感兴趣，一连问
了他几个问题，他一无所知。这只是一座孔庙而已，有什
么好兴奋的？他一生没有进去过。

　　然而为我的兴趣所感染，同意安排利用午饭的时间，
到孔庙一游，我欣然道谢。原来东京的孔庙，当地人称为
汤岛之圣堂，难怪在东京留学的中国朋友也很少知道。汤
岛是地名，圣堂就是圣庙。他们当年不曾把孔庙建造在东
京城里，就可说明日本人虽然尊崇儒学，并没有把孔子神
化。陪我的朋友说，在战前这座庙非常突出，战后东京急
速发展，大厦林立，就逐渐不为人所注意了。

1797 年江户时期的汤岛圣堂（取材自史迹汤岛圣堂，2003）

二十世纪末时的汤岛圣堂（取材自史迹汤岛圣堂，2003）

　　我们先到明治大学附近的一个小馆子里吃了午饭，沿着河岸步行到孔庙。河，就是汤岛川吧！虽经过都市化的严重破坏，还可以看到一些绿油油的杨柳。门前是一个碎石铺地的小广场，立着一座石碑，是大正十一年史迹汤岛圣堂碑。根据记载，汤岛圣堂是十七世纪时建造的，相当于中国的明末清初。为德川幕府提倡儒学的具体措施。与

东京孔庙——汤岛圣堂配置图

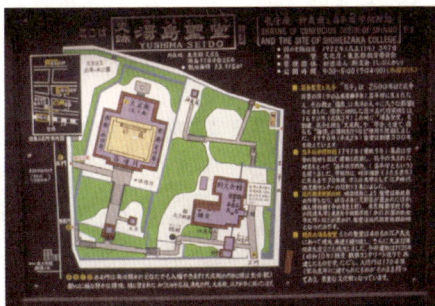

东京孔庙外沿河岸的步道

东京孔庙前的小广场

一切古老建筑相同，汤原圣堂经历了多次灾祸，修建了多
次，早已面目全非。三百年间的变迁中，比较重要的改变，
是把正殿改名为"大成殿"，同时把柱梁架构原有的红色

东京孔庙大门

大门右侧的史迹汤岛圣堂碑

改为黑色。对一个中国人而言，最令人感触万千的，莫过于看到这些漆黑的大柱子。这样的深沉，这样的不可测度，为什么中国人从来没有想到用黑色来建孔庙呢？

　　大门乃由四根粗壮的大柱子支撑着一个厚重的屋顶，黑灰的调子相当肃穆敦重，略显得头重脚轻。匾额是金色的"仰高"二字，衬在结构的黑底上，特别醒目。这座大门其实是三间，只是两侧的便门甚为矮小，易为人所忽略。这里原应该是我国孔庙的棂星门，通常是面阔三间并列，以气派胜。比较起来，这里显得局面不够壮阔。走近了，知道粗大的结构是钢骨水泥改建的。进了大门，要走几十米略为曲折的石板路，登几十步石级。右转才是孔庙中轴在线的正门"入德门"。大殿背山面河而建，前低后高，正门已经接近河岸了。然因地势高，自"仰高门"进来，还要上登几十级。沿途的环境感觉绿荫相夹，静寂之至，倒像一座佛寺。

　　"入德门"是孔庙中仅有的一座木造建筑，是十八世

仰高门至入德门之
间的庭院

纪最后一次大修时的遗物，被列为"重要文化财"，附近
不准吸烟。也许因为是古物，这座门的规模与气派不如"仰
高门"远甚。同样的黑色木构架，灰色瓦屋顶，单开间，
但显得细致轻巧些。尤其是木构造的若干接头使用铜件，
梁架上、柱头上及搏风板都有精美的雕刻，与我国的建筑
相近而不相同，而尤有古风。可惜为了保护该建筑而加的
铜质天沟与水落，影响了建筑的外观，这在中国，恐怕是
不能为大众所容忍的。进了"入德门"之后，要爬一个台阶，
才能到达正殿的广场。台阶两侧林木茂盛，但因为自门口

入德门后方通往大成
殿的台阶

汤岛圣堂的大成殿

即可看到远处最后一进"大成殿"的匾额，空间的连续感还是很紧凑的。中国孔庙中所没有的高差，予人一种"仰高"的感受。爬上台阶，就到了中国孔庙中大成门的前面。在这里，台阶上是一个花岗石铺的广场，正面的建筑，为五开间三门歇山顶，匾额上金书"杏坛"二字。我孤陋寡闻，从来没听过孔庙中用这两个字为额的，觉得很新鲜。"杏坛"的三间门，只有中央一间是开着的，因此可以看到大殿及其两厢的外貌，但用绳子拦着，不准参观。如果没有日本人陪我，说不定偷溜进去瞻仰一番大成殿中的景象。

"大成殿"是五开间单檐歇山顶，屋顶比例相当舒展，正脊两端有非常特殊的鸱尾。灰绿色的屋瓦，黑色的柱梁，灰色花岗石的正庭铺面，整个感觉是温和而又严肃的。大殿前没有站台，又没有前廊，所以显得台基不够宽大。在造型的意味上与中国明清以来的孔庙确实有相当大的距离，与台湾孔庙的烦琐装饰来比较，距离更遥远了。杏坛与大成殿的这个四合院是大正年间由日本的中国建筑权威伊东忠太教授所修复的，伊东博士在中国也很知名，也是中国古建筑研究的开拓者之一。他修孔庙，据记载是依原样修复的。但民国初年的修复观念与今天大不相同，伊东忠太教授修孔庙乃用钢骨水泥取代木材，显然只保存了当时的形貌。可见古建筑的修复在观念上见仁见智，有相当的歧异。混凝土的柱梁上很久没有涂油漆了，多处斑驳，不太顺眼，我就与同行的日本友人谈到这个问题。他们不能理解我的观点，也看不出为什么木结构的古建筑不能用耐久的混凝土修理。但他们笑着说，他们是外行，所以表

讲堂旁的孔子立像

示的是外行意见。

　　自杏坛前的广场反身回顾，只感到下面一片绿色，静寂之感与寺院相近。我不禁在想何以日本的孔庙会有如此大的差别。就以色彩来说，日本江户时代的建筑并不是崇尚黑色的。有名的观光区日光地方的佛寺，其色彩之绚丽与装饰的堆砌，即使是中东地区的宫殿也比不上。把孔庙改漆为黑色，显然是经过深思熟虑，有意要与一般寺庙所流行的红色划清界限。推测起来，也许孔子的祭典在日本并不是国家正式祭典的一部分，孔庙又不是官学，所以孔庙的建筑就没有一定的限制。他们称之为"圣堂"，就表示发自内心的尊崇，超过了制度与形式。他们使用的"仰高""入德""杏坛"等名称，反映了知识分子的见解与他们对孔庙建筑的看法。在中国孔子被追封为王位，连皇帝都要做形式上的祭拜，孔庙的制度相当官样化，在主轴上使用棂星门、战门、大成门、大成殿、启圣祠等名称。棂星门外尚有泮池。日本人没有这样的包袱，反而可以就他们自己内心的感受及对儒学的体会，来解释孔庙的建筑。坦白地说，异邦人发自精神的表现，比起我们纯形式的孔庙来，要动人得多了。

在"仰高门"与"入德门"之间，有一讲堂，是纯日式的建筑，相当于明伦堂吧！在这里有定期的中文或儒学课程。讲堂旁边。有一座高大的孔子立像，远看去，觉得面貌与造型都很熟悉，原来是台北市赠送的，使我有点遇到故旧的感觉。该像坐落的背景很恰当，以绿色的枝叶为衬，是很受看重的。

松冈美术馆的古陶瓷

东京的门牌系统，在台湾的中国人是很熟悉的。是先有区，再有丁目，再有号码。若干年前，我第一次到东京，住进旅馆就拿出一份友人的地址，请柜台的服务人员告诉我怎么可以联络。他们说除非有电话号码，在东京找一个陌生的住址是很困难的。东京的门牌好像只有邮政局当地的邮务员熟悉。他建议我最快的联络办法是打电报。这办法果然有效，我的朋友当晚就接到电报，第二天就打电话

松冈美术馆

松冈美术馆有丰富
的中国陶瓷收藏（汉
宝德摄影）

到旅馆来了。当时我的朋友尚在念书，家里并没有电话。以后虽去东京多次，访问参观多半在事前安排好，或有朋友带领，没有遇到过找地址的问题。

有次去东京，机票的安排困难，不得不多逗留一天，因此行程稍松散些。为充分利用机会，我决定自行访问几处与中国文化有关的民间文教机构，雅兴有了，就不得不面对"寻访"的问题了。原来日本有些文教机构是私人设立的，规模不大，所典藏的图书与文物却很珍贵。研究中国文物的专家大概对他们都耳熟能详，而一般的日本人知道得却不多。在我们寄榻的旅馆附近看到松冈美术馆的一张广告，正展出中国古陶瓷，觉得应该是很适合的去处。向日本朋友打听，他们都率直地表示一无所知。看他们毫无兴趣的神情，不打算再麻烦他们陪行了。试试自己在东京访古的本事。

东京的门牌系统传承中国古代坊里的观念，是用行政区划的名称来做纲领，是"面"的系统，与后世用街巷的名称做纲领之"线"系统大不相同。"面"系统只能有约略的位置，很难按图索骥，是很"古雅"，也相当"落后"的。我很佩服日本人保存传统的精神，直到今天，大街竟都没有起名字。 松冈美术馆在一条大街上的高厦里，离华航办公室不远，照说不难找。但是我们能够顺利找到，乃因向沿途的一家文物店打听的结果。说来也是运气，我们几乎要转向了，竟看到这家文物店。

松冈的中国古陶瓷收藏很了不起，尤其最近几年，投入了很多资金，大量收购高质量古文物。展出的量虽然不大，但质量非常好，堪称世界第一流。不但大陆展出的仅具有考古价值的东西无法与它相比，即使欧美大博物馆中的展品，恐怕也略逊一筹。我们的故宫博物院，元代以上的收藏很有限，像这样高质量的唐、宋、元代作品，实在应该大量地编列预算去收购，尤其是最近若干年，由于大陆的大量发掘，世人对中国陶瓷的兴趣，早已自明清上推到汉唐。中国古文化的盛期展现的壮阔的创造力与洒脱的风韵，实在令人神往，比较起来，明清的官窑之纤细软弱，实在

松冈美术馆典藏的元青花瓷

松冈美术馆典藏的元青花瓷

松冈美术馆典藏的唐罐
（汉宝德摄影）

松冈美术馆典藏的明洪武年
间釉里红钵

不足以引为骄傲。

　　松冈博物馆在中国文物收藏上是比较新的机构。松冈先生是一位成功的商人，早在第一次世界大战时就发了战争财，成功的企业家收藏美术品是世界的通例，松冈也不例外。他年轻时喜欢现代绘画，可惜其收藏在东京大地震时被焚。年事较长，才喜欢古代美术，对中国古陶瓷发生兴趣还是最近的事了。至于他公开收藏品，设立博物馆，也不过六七年的历史。在欧美，私人开设的博物馆很少。有钱人的收藏品早晚都捐到大规模的博物

松冈美术馆典藏的明永乐年间青花大盘

松冈美术馆典藏的青花折枝花纹执壶

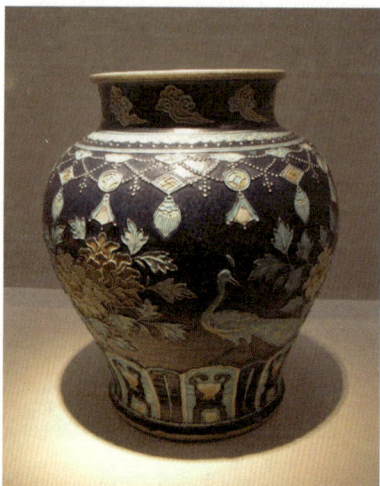

松冈美术馆典藏的明景德镇法花牡丹孔雀
纹壶

松冈美术馆典藏的北宋白地黑搔落牡丹
纹壶

松冈美术馆典藏一隅

馆去了。有些很有钱的人，甚至捐给博物馆加盖展示厅的
费用，以展示自己的收藏。日本与中国的情形近似，有钱
的企业家，购藏的美术品或古代文物，喜欢自己保存，因
此每人都想建造一座博物馆。这样做原也未可厚非，但是

博物馆是慈善性服务大众的组织，虽收门票，却是赔钱的。
企业在赚大钱的时候，维持一座小博物馆是轻而易举的，
一旦经济情况发生变化，很可能面临关门的命运。这种类
型的博物馆要保持永久，实在是很困难的。日本人有博物
馆法，执行似乎也不太严格，但他们成立财团法人式组织，
使博物馆具有脱离企业的地位，使它不至于受到经济情况
变动的影响。即使如此，长久地投入人力物力，除非有相
当稳固的基金，是很难办得到的。这在中国，几乎无此可能。
大企业家都希望在回馈社会的事业上，能收能放，所以大
多仍只能把这些事业抓在自己的手上。因此私人博物馆到
目前为止，谈得多，做得少。

大仓集古馆的石刻

自松冈美术馆出来，想顺便到附近的大仓集古馆看一
下。大仓集古馆是很有名的私人古文物收藏机构，很久就
想去瞻仰一番而找不到机会，难得此行有点空闲，就不打
算错过了。

刚巧天公不作美，竟下起雨来了。我们赶紧搭上一辆
出租车，请司机带路，一时忘记日本出租车的本领是有限
的。这位司机先生不知大仓集古馆在何处，但知道有一家
大仓旅社，就向那个方向前进。由于语言不通，就把该馆

被指定为历史建筑的大仓集古馆（取材自大仓集古馆简介）

的地址拿给他看，上面写着区、丁、目等，他老兄显然茫
然不知如何走法。甚至连大仓旅社的大门也找不到。转了
半天，依我推想他找不到，就请他停车在一座教师会馆前
面，冒雨进去询问。警卫室的人员很客气，但看了地址仍
然无法指出方向。难得他热心帮忙，打了电话给大仓集古
馆，又搬出那一带的地图，才弄清楚地点。我们按照地图，
找到自己的位置，发现出租车带我们绕了一圈，距离并没
有缩短。索性买了把雨伞，踏着雨去寻雅了。

　　大仓集古馆果然在大仓旅馆的前面，是自一个小巷子
进去。该旅馆很有名，也算是车水马龙，但很少几个人注
意到大门旁边那座小博物馆。这也难怪，集古馆的围墙上
写了斗大的英文字，是大仓旅馆，什么人会去注意小牌子
上的字呢。创馆的大仓先生是明治时代的人物，为当时的

大企业家，也是受封的贵族，对明治维新似乎有相当的贡献。他生前收集了不少的文物，去世后，由其第二代设馆公之于世，为日本第一座私人博物馆。馆的四周为院落所围绕，陈列着来自中国与韩国的石刻，相当可观。其中也有大仓先生的雕像，及纪念其丰功伟业的碑文。依大仓当年的气魄，局面显得局促些。恐怕因为后代有经济的问题，不得不以大部分的土地建造旅馆之故吧，却不免使我感到，即使在如此尊重文化资产的日本，在现实的压力下，文化的设施也是很寂寞的。

　　该馆是二层楼的建筑，也是在大地震之后，由伊东忠

大仓集古馆创立人大仓喜八郎像

大仓集古馆四周的庭园

庭园内陈列着中韩的文物

太博士所设计的中国式建筑。屋顶是庑殿式，瓦为铜绿色，脊上的吻饰很简单。伊东对中国建筑非常熟稔，如果有些不合规矩之处，也是他有意修改的。地面层为石砌面，并有拱圈，是所谓东西合璧的作品。大仓把集古馆盖成中国的式样，可知对中国文化的尊崇。我注意到入口处的匾额是民初中国的政要徐世昌写的。与外观比起来，内部的陈列品多少有点使我失望。既然馆的式样是中国的，里面应该陈列着中国文物吧，事实不然，中国古物只有少数几样而已。记得在过去读过的介绍文字中，叙述大仓集古馆曾受东京大地震的灾害，损失了不少宝贵的古物。中国古物

庭园内江户时代的菩萨像

清朝时期的释迦如来像静坐在馆旁的庭园

高丽王朝中期的八角五重石塔

由伊东忠太设计的
馆舍

大仓集古馆搜藏的
北魏石碑（汉宝德
摄影）

　　的收藏是否因此而遭到破坏呢？所幸我最关心的一件石刻
仍然陈列在那里，我知道大仓集古馆的名称，乃因伊东忠
太所著的《中国建筑史》上首次提到这座佛像。这座像特
别之处，在于其背后刻着甚多建筑物之形象，檐角起翘夸
张，如同牛角一样。据伊东当时的推断，认系东晋之物。
由于该像来自河北涿州永乐村东禅寺，应该是前燕所辖之
地，时当纪元四世纪。由于建筑史家一直认定中国建筑的

飞檐开始于南北朝末或唐初，这块牛角形出檐的石碑，就使他们大伤脑筋。伊东认为夸张的檐角只表示檐端之弯曲装饰物，相当于鸱尾，并不能推翻南北朝末期产生飞檐的学说。后来我在伊东另外一篇文章中，看到对此碑年代的推断，向后延伸了两个世纪，认系六世纪时北齐之造物，有多种遗物显示中国建筑已有翼角起翘之现象，这样归类，当然可以便利于支持已有的界说。我曾在拙著《斗拱的起源与发展》一书根据此碑上屋顶的造型，讨论其宗教意义的可能性。这次亲眼看到这座雕像，以"重要文化财"的

大仓集古馆有铜绿色的瓦与简单的脊饰

大仓集古馆屋顶正脊的吻饰

资格被维护着，心中充满了不虚此行之感。但是看说明签上指示的时代改为五世纪的北魏，必然是有根据的。最近几十年来，由于遗物发掘的数量很大，南北朝时期的文物断代多了不少证据。这座石碑刻有大量的图案与人物，推断正确的时代应该是不成问题的。然而这可以说明对古代人物的研究是很困难的。

我在雕像的前前后后走了几遍，觉得应该摄影以供参考；而大仓集古馆是禁止摄影的。与守卫人员商量，他们要我与管理员商洽。幸亏遇到一位物理学教授也在参观，他能说英语，可以经他的翻译说明来意。管理员表示同意后，我使用了最后两张底片，留下了宝贵的记录。

静嘉堂的木刻版书

去静嘉堂文库则是很偶然的。知道它的存在乃因翻阅读书目录时，发现它有相当数量的中国古版书。我并不是读古书的人，但近年对古典风水有兴趣，不时注意这方面的古书，曾在它的目录中发现有两部明代中叶前的木刻版风水书，因此"静嘉堂"这个名字就一直记在我的脑子里，后来在翻阅中国古代美术的著作时，有两个精美的唐三彩器，下面注明属于静嘉堂文库，这当然加深了我的印象。

前些时候我曾打听取得那两本古风水书复印本的可能

静嘉堂（取材自静嘉堂网站）

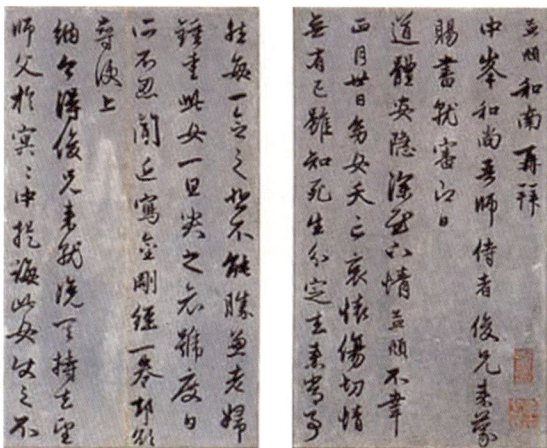

静嘉堂典藏的国宝之一——元朝赵子昂的《与中峰明本尺牍》（取材自静嘉堂网站）

性。由于与日本的学术界毫无渊源，随便打听一下，并没有什么结果。因此使我感叹做点研究是很困难的。去日本是另有公务，虽然抱着渺茫的一点希望，并没有访问静嘉堂的计划。只是在聊天时，一位日本朋友问我公余有无其他的打算，我不经意地说，如果可能，很想去静嘉堂找两本书，他大为惊讶，我为什么知道这样一个偏僻的所在？实在巧合，他的家就在静嘉堂文库附近。大部分的东京市民都不曾听说过这个名字。因为这个机构坐落在住宅区中的一个公园里，只有住在当地的人偶尔去散散步，才会注意的。当然，我的朋友大概不知道这"文库"有厚厚的一本中国古书目录，在汉学界可能是世界闻名的。他听了我的解释之后，表示可以利用午饭前后的时间，顺便访问一下。他认为我的访问路线相当配合。

　　静嘉堂坐落的住宅区，道路狭窄曲折，七弯八转，才到达那座近似原始林一样的公园。如果不是朋友带路，无论如何是找不到的。走上浓荫夹道的一条小路，再转一个弯，才看到两座饱经岁月的老房子。车子就在沙子铺地的停车坪上停下来，使我感到繁华的、处处标榜二十一世纪的东京市，忽然在眼前消失了。其实这文库的房子并不真

静嘉堂典藏的国宝之一 ——疑为南宋马远的《风雨山水图》（取材自静嘉堂网站）

静嘉堂典藏的品之
一——昭和时代河
井宽次郎的紫红瓜壶
（取材自静嘉堂网站）

静嘉堂典藏的品之
一——南宋龙泉窑
青瓷牡丹唐草文深钵
（取材自静嘉堂网站）

老，看样子也不过二次大战前的建筑，只是在丛林之中极静，予人以时代的错乱感而已。静嘉堂与大仓集古馆相似，都是日本现代化初期贵族知识分子的积藏，后经公开者，所以建筑环境都代表当时的趣味。

静嘉堂分两部，一座日西合璧住宅形式的建筑，规模较小，是中国陶瓷的陈列室。此非我此行的目的，但既来了，就顺便看一下。当时正展览唐三彩。数量不多，但品质甚高。静嘉堂展出的三彩马、骆驼、神将与镇墓兽等，原是

静嘉堂典藏的唐三彩女俑（汉宝德   静嘉堂典藏的唐女俑
提供）

相当常见的器物，但其尺寸特大，雕塑精美，为国内所无。
故宫博物院并无唐三彩藏品，历史博物院所藏品质中等，
如马，不过一尺左右的高度。静嘉堂所藏属于二尺半以上
的大件，实在惊人。这里的一件不太起眼的白底贴花滴蓝
彩罐子，被指定为"重要文化财"。又有一只真物大小的
三彩鸳鸯，一对守护狮子，被指定为"重要美术品"，都
精美异常，令人感动。看了这样水平的东西，不免觉得当
年我们自己不懂文物的可贵，为外人廉价取得，实在是很

丢脸的事。政府应该编够预算，设法搜购国外民间的重要文物才好，不可再任其流入外国的博物馆里了。

静嘉堂的文库是一座外观平实的三四层建筑，大约是书库的面貌吧。进口处亦很不显眼，门是紧闭着的。按门铃数次，才有一位女士出来询问来由。我递上名片，由同行的日本朋友解释，终于得到管理人员的许可，容我们入内。室内阴暗，是深色木板镶装的西式建筑，一边有壁炉，上悬创办人的画像。面积不大，应是明治时代的遗物。因系西式地板，我们要脱了鞋才能进去，静嘉堂文库为"重要文化财"，室内不准抽烟。我搞不懂是指这座房子为文化财，还是指库内的藏书？请教那位朋友，他摇头笑笑，根本不知道文化财为何物。

我们被引进一间明亮的大房间，有两个大窗户面对院落，很像当年的书房。里面有二三人踞案研读。我们进门后，先要登记，然后填写单子，要求取书查阅。这个手续似乎与台北"中央图书馆"的珍本书取阅方式相类，只是日本人在形式上显得更加谨慎小心而已。因为时间匆忙，我就

静嘉堂典藏的宋定窑白瓷刻花莲花文轮花钵

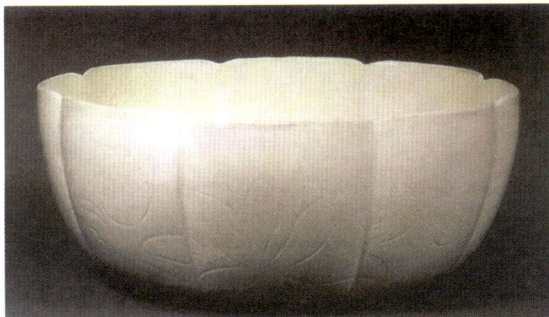

不客气地说明来意，自目录中查出那两本风水古版书号码，请她拿出来看看。我以为她会像台北"中央图书馆"一样，让我看微粒影卷，哪知过了一会，她把原书捧出来了。并告诉我说，其中的一本是很珍贵的。

　　她指的那一本是很普通的《葬书集注》。在目录上写着"明新刊本"。我想看这一本书，乃因《葬书》流传甚广，各版本均来自明末，也有文字的不同。同时我很怀疑这本书的来源，一直想知道是否为明朝人所杜撰的。明新刊本应该可以解答我部分的问题。经看到原本，发现这书不是明新刊本，恐怕至少属于元代的遗物了，因为明新儒者宋濂先生在书前有夹页的批文。照常理推断，他在书前写批，在当时应该已是古书，所以静嘉堂把它归在宋版书一类里。这样说来，南宋已经有《葬书》是可以肯定的了。

　　她同意我可以申请复印件，但因他们没有影卷，没有现成的复印本服务，复印件的制作非常昂贵。尤其是宋版书，每复印一本再加约台币一千之费用。折算起来，印一本没有多少页的书，竟要数千元新台币了。考虑了一会，觉得也没有选择，只有拜托她代印了。我们办了手续，辞谢出来，她把我们送到门口，行礼如仪的，才告别而去。我感到了却一桩心事的愉快，公园里的鸟声居然也很入耳了。

（本文图片除注名者，余皆由黄健敏建筑师摄影）

（后记：本文发表后，承台北"中央图书馆"苏积先生指正，静嘉堂文库之《葬书》仍应为明新版，后再向该堂查询，同意不照宋版书收费，苏先生的意见是正确的。）

有凤来仪

如果你过境日本，只有一日之停留，希望在数量庞大的文化名迹中选择一二处参观，你要选哪里呢？识途老马当然会劝你投宿于大阪，在京都、奈良的众多庙、院中选择其一。若照观光指引的说明，你大概会去金阁寺看一看那座金光闪闪的水阁。你若向日本的朋友打听，他可能要你去十足日本味的清水寺走一趟。如果你的朋友是艺术家，他也许会认为龙安寺的枯山水，是日本艺术的精华，劝你一定要到该寺的方丈前廊上禅坐一番。

然而如果你问我，我建议你到京都郊外的平等院，瞻

奈良法隆寺

京都金阁寺

京都龙安寺的枯山水

仰一下凤凰堂的光彩。那是绝对值回票价的。我实在不明
白，凤凰堂之美，有口皆碑，而且常常出现在日本的建筑
与庭园的著作中，何故未被列入观光手册之中。我原知此
处，以为遍游京都名胜，必可看到此景，但去京都数次，

京都平安神宫

奈良药师寺三重塔

亦曾向日本朋友打听，均未如愿。直到查阅厚厚的专为日本人使用的观光指南，才知道凤凰堂的地点，大多数的外国观光客都失之交臂了。

原来京都是仿长安所建之格子型都城，三面环山，坐北朝南，寺庙都建造在东西两侧的山上。向南则为通往古都奈良的河谷，寺庙大多避开此向。以今天的交通来看，自京都车站搭普通火车南下，不过半个多小时即可到达。只是因为观光据点很少，无法吸引众多观光客而已。观光巴士是不到这一带的，凤凰堂由于地点偏远而未获大量观光客的青睐，反而使它保存了适度的宁静，未尝不是因祸得福呢。论规模，凤凰堂并不大，不过是面池的一列，长五十米左右的建筑。为了它专走一趟似乎划不来。但观光要观其质,不能观其量,它是值得细看,而且值得一看再看,尤其是对中国建筑与文化有特别兴趣的观光客。

日本人在中国的唐代,由于有计划地派遣人员到长安学习,所以汉化甚深。京都的平安神宫,虽为明治时期缩小复建,可以视为日本文化受唐代直接影响的例子。奈良有些建筑,如唐招提寺金堂与药师寺三重塔均保存了唐代建筑的部分结构与形貌,但有整体环境感的建筑组合,则没有保留下来,大多在战火中消失了。到了唐中叶以后,日本不再派遣人员来华,因此日本人与宋代中国的关系就慢慢疏远,有机会发展他们自己的文化特点,可是唐代的影响一直要到明代日本禅寺建筑成熟,才逐渐消退。在寺庙上,则一直到最近,还可以看到唐代建筑的零星的特色。在结构上,甚至可说仍然是唐代初年的系统。

凤凰堂建造在十一世纪中叶,落成于一〇五三年,时当中国北宋盛期,李诫的《营造法式》出书的时代,但它受晚唐与宋官式影响甚少,虽然日本的本土风味逐渐出现,它的格局可以说仍保留了唐代的制度,很值得仔细品赏。最明显的是斗拱的做法,完全是初唐的风格。中国古人的宫室,与今天我们所看到的明清宫殿式样大不相同。贵族显宦的住处自汉至唐,有另一套格局。依我的浅见,其形式大概有点像凤凰堂的样子。今天的中国人提到贵族的住处,不是深宅大院,就是亭台楼阁,似乎非常复杂,相当神秘。但自汉朝以来的数据,他们的活动空间,似乎很简单,只是一楼两阁的格局。有权势的人建一个高台子,把这一楼两阁建在上面,就是魏文帝"凤凰台"之类的建

临池的平等院凤凰堂

筑。没有太大权势的人，也许不能建台，但楼、阁都是二
层建筑，而且主人使用上层，比起一般老百姓，也要高得
多了。中国人自古就是喜欢高处的。为什么叫"凤凰"呢？
因为该堂的屋顶上有两只凤凰的装饰。这两只凤凰站立在
正脊的两端，振翼欲飞，非常传神，但恐怕不是其命名的
依据。中国在汉朝，屋脊上的装饰本来就是以凤凰为主的，
恐怕当时每一重要建筑的脊上都是凤鸟，不足为奇的。那
个时候，龙与建筑的关系很少。其实当时建筑的格局，就
好像要模仿凤凰的姿势。建筑的正厅永远是一座正面宽敞
的大楼房，深檐高脊，斗拱柱列，左右对称。两边的阁，
是比较小型的建筑，大多像亭子一样，是方形的，出檐深远，
造型轻快，好像两只翅膀。这两座阁位于正厅的前方左右，
有点近似清代建筑的两厢。正厅与两阁之间用两层的廊子

连起来。因此就包围成一个三合院，但整个看起来，就像一只大鸟驻足在一个高台上。这样飘然欲飞的格局，在战国铜器的图案上就看出一点端倪了。东汉的画像石的图案中，已经看得相当清楚。地位尊贵的主人与客人在正厅楼

凤凰堂是一楼两阁的格局

屋脊上有凤鸟作为装饰

上宴客,楼下有乐队伺候,可了解他们令人羡慕的休闲生活。

到了唐朝,这种格局出现得更多,长安大明宫含光殿,据中国学者复原的图样,就是这种配置。具体而微的模型,与日本京都在明治时代复原建造的"平安神宫"大体上类似。灰瓦、红色的木架构、白墙壁,只是规模小些,又没有一座高台,缺少气势。在敦煌壁画中有不少这样的建筑布景,大多为佛像的背景,象征西方极乐世界。画中的建筑,屋檐下面的椽子向上翘,都有大鸟翅膀的感觉。很难想象,这些十分流行,而且使用了一千年的布置方式,到唐末就完全消失。自唐末到宋代,它们是否真正消失,或

有双层屋顶的阁

凤凰堂的屋顶

凤凰堂的屋顶细部

其消失的原因，都不十分清楚。但在宋元之间的界画上，画有仙山楼阁的形状，已经完全不是对称的凤鸟型了。建筑物也大有改变，体型缩小，廊阁收紧，不再有展翼的风貌。当然建筑物的正脊上，早已不见凤凰的踪影，中国人开始把乘凤凰飞去的想象完全放弃了吧！元清观的壁画上，尚有一类似的高台，其上之建筑仍保留了一楼两阁的格局，但是建筑体态很僵硬，只把屋角起翘，已无原有神韵。了解这样的背景，再看京都的凤凰堂就感到特别亲切。

与唐代中国的建筑比起来，凤凰堂是小规模的。一楼两阁也有两层的模样，但实际说起来，只不过是双层的屋顶，只有地面层可用。中央的大厅，室内为两层的高度，两阁因面积小，只是一种装饰而已。但装饰做得有模有样，自连接廊到两阁，近上檐的地方均挑出栏杆，好像有上层的房间，实际上则只是造假的装修罢了。这可以说明，这座凤凰堂是根据唐代二层格局所设计，因规模缩小而造成一层的佛堂。这一点特别值得注意：凤凰堂虽不大，看上去是一列建筑，但有用的空间只有大厅。两廊与阁均为走

凤凰堂的斗拱结构

凤凰堂

凤凰堂东侧门扉的彩绘

道，面湖而立，没有实际的用处。这是把宫殿的造型拿来做园景使用，而其功能则为一座佛堂，在文化传播的过程中这种造型与功能脱节的情形是很普通的。我们很高兴当时的日本贵族在佛教建筑上假借了敦煌壁画中宗教建筑的观念，把它融化在园景设计之中，使我们今天可以由此回顾盛唐时代的建筑状貌。

虽然有这些唐朝的特色，凤凰堂还是日本人脱离唐代直接影响后的产物。比如在这里，两端的阁放在与正厅齐平的位置，形成一直线，向前做口状伸出的，则是一段廊子，这不是中国人的作风。我们会希望二阁做曲廊的收头，使阁的整体美在水上造成美丽的倒影。又在这里，两廊虽有台基，未免太低矮，几乎与地面齐平，使整座建筑站立在柱子上，轻灵之美，缺少基座之对比。日本人似乎特别要把凤凰堂做成鸟的样子，在正厅的后面建了一个过道，象征鸟的尾巴。可是过道通到哪里去，今天已经无法知道了。如今这过道跨水而过。湖水绕建筑物一圈，只有一边连着陆地，使凤凰堂颇像栖息在岛子上的一只大鸟。

　　凤凰堂所供奉的阿弥陀佛，目前被视为国宝，是十一世纪时名家之作。据说当时的日本在佛像方面已完全脱离中国的影响，在制作上，用小片的木材拼制，不再使用整木雕制。在造型上，强调比例的优美、姿态的均衡、神情的平和，以符合贵族的品位。在同时的中国，佛教则逐渐世俗化，走向大众趣味了。据说佛像的位置与佛身的高度是经过细心安排的。当年佛堂的对面是赞助贵族的一座宫殿，自宫殿方向看过来，佛像的脸部恰恰自格子遮屏上预留的小圆洞中出现。那是《源氏物语》的时代，贵族生活以高雅、精巧是尚，这样刻意的安排是非常可能的。在两边的壁上，有五十二只飞天的浮雕，姿态非常生动，但面部表情都平和肃穆，颇有菩萨的神情，所以说明书上称之为"云上菩萨"。以中国人看来，这显然是自飞天转化来的，因为其中有些执着乐器，与敦煌壁画中飞天的意义相同。所不同的是，中国的飞天以衣裳的飘带飞舞为特色，结合飞与舞的动态，表现了女性美：凤凰堂里的这些飞天，都是坐在云上的，云虽是中国式图案，其上的人物却都显得端庄敬谨，没有飞天活泼的神情。日本人天生的宗教感已经取代了中国人俗世的想象，发展出他们自己的一套美感。日本人是严肃的，他们把阿弥陀佛上升西方极乐世界，众乐齐鸣、欢欣鼓舞的景象，改变为迎接长官回衙的排场。但这些雕刻确实是第一流的。

　　自从奈良的法隆寺金堂内的壁画被毁之后，凤凰堂木壁与门板上残留的壁画就成为日本最古老的壁画了，所以颇受重视。我比较感兴趣的是佛像的背后，木壁上的一部

凤凰堂供奉的阿弥陀
佛，两边壁上有飞天
浮雕（汉宝德摄影）

敦煌壁画《净土变》
（汉宝德提供）

分，画了极乐世界的景象，正是一楼两阁，前为水池的布局，好像在说明凤凰堂建造的格式的来源一样。在基本上，这壁画上所描述的，可以视为敦煌壁画的延续，也可视为凤凰堂的模式，其在建筑史上的意义十分重大，使我们确知凤凰堂的造型是一个梦想的具体化：这就是阿弥陀佛迎接死后信众所去的世界。特别喜欢装饰艺术的观光客，可能对正厅的天花板发生兴趣。在我国因为没有很华丽的装饰

平等院一隅

令人流连忘返的凤凰堂
美景

保留下来，总以为古代的佛寺可能是很朴实的，看了凤凰堂的天花板，才知道繁而不乱，华而不浮的装饰是怎样的。其设计在基本上是唐代的格子形，在佛身的上面，悬挂了一个华盖，中有圆光的图案，但以金色花草纹为主，组织成壮观又动人的结构，是天花下的天花。为了增加华贵的感觉，华盖四周悬挂了金色的金属雕光版，与佛身背后的火焰背光相呼应，创造了炫目的效果。当时的艺人对于西方极乐世界缩影的创造，真是费尽了心机，也达到令人难忘的目的。

在观光的旅程中，常有一种经验，就是遇到真正美好的景致，会流连忘返，等你不得不离开的时候，不禁再三回头张望，生怕有所遗漏，或以后无机会再来。这就是我访问平等院凤凰堂的经验。小小的一座五十米长的建筑，却令人有看不完的感觉。我们是上午去的，天气晴朗，所以其东向的正面，在阳光照耀之下，阴影生动，色彩亮丽，反映在水池中，有说不出的美感，令人压抑不住衷心喜悦之情。这时候提着照相机，走几步照一张，照了一圈，回到了原点，但是它对于你，好像施展了一种魅力，觉得有进一步认识它的必要，你已忘记不多会儿以前已经拍照，一切已经由照相机忠实地记录下来了，你会不期然地提起相机再照一次。把凤凰堂前后左右里里外外看了几遍，才想起这平等院应该还有其他建筑才对。那都不重要了，十一世纪的平等院原有很多房舍，但历经战乱，奇妙的是只有凤凰堂留下来，这是出于神迹呢，还是因为凤凰堂之美使敌对双方的军队不忍纵火呢？

平等院配置图

　　在回程中，发现院门外的小店里贩卖一种装饰用的草花，称为凤凰花。花朵很小，细看其花形，真像该堂正脊上的铜凤凰，据说这种花就是生长在平等院里的。我不懂得植物，不知其学名与产地，但对于一个观光客，凤凰堂前凤凰花，也激发一些奇妙的与浪漫的情思吧！

　　（本文图片除注名者，余皆由黄健敏建筑师摄影）

印度建筑文化之触思

　　到印度去看看是我多年未实现的愿望。在年轻的时候，
到欧美旅行，几次打算去印度，都因申请签证被拒绝而不
能达到目的，为此我一直耿耿于怀。前几年印度政府的态
度开始为我们的经济发展成果所融化，有不少朋友陆续组
团往访，可惜我一直抽不出时间；一九八六年勉强成行，
虽然没有完成全程中途返国，大部分旅程又都在泻肚，就
我来的目的来说，已经相当满意了。对我来说，到印度，
是看看世界四大古文明之一的古老文化的遗存，当然，我
要看看它的建筑。过去几年来，深感自己对印度了解太少。
印度是佛教的发源地，对中国南北朝以后的建筑与艺术有
相当根本的影响，但是我们对印度的古老文化却甚隔膜。
印度虽是我们的近邻，今天的中国人对印度则鄙视而轻忽，
没有兴趣了解，这是很可惜的。

　　印度的传统建筑，可以因其历史分为三大部分。在相
当于中国秦汉以前时期的古代，所剩下的是少数佛教的石
塔及石窟寺。等到佛教消失于印度教中，自中国的唐宋到
明初，是他们的中古时代。此时群雄割据，各地都发展了

昌德拉王朝兴建的卡
纪拉哈庙群[1]

卡纪拉哈庙群

典型的庙宇，与欧洲中世纪的天主堂发展的情形可以比类，有些作品宏伟之处，有过之而无不及。这些庙宇大多尚存在，为英国人保留下来。到了十六世纪，蒙兀尔王朝[2]自中亚高原侵入，建立了帝国，把波斯一带的建筑带进印度。在帝都德里一带，留下不少宫苑、陵墓。到了十八世纪，英国以少数水兵打败蒙兀尔朝廷，并没有把他们废除，只把他们当作傀儡看待，所以回教传统的贵族建筑一直使用

---

① 编者注：即克久拉霍寺庙群。下同。
② 编者注：即莫卧儿王朝。

卡纪拉哈庙

到二十世纪中叶。古代的佛教建筑以简单古朴取胜，中世纪的印度教建筑以雄壮的躯体、细腻的雕刻取胜，而近代的宫殿则以豪华、富丽取胜。

　　印度中世纪的庙宇，是四座高低不同的石砌的方锥形建筑连成一线而组成。最后一座特别高大，是神龛之所在。在东部的奥里撒斯省[①]与中北部的普来德省[②]，这些锥形庙

---

① 编者注：即奥利萨邦（Orissa）。
② 编者注：即现北方邦（Uttar Pradesh）。

的地面都是正方形，先是自地面垂直上升，到大约三分之一处，外轮廓呈弧线内收，集于顶点，形成一个美丽的弹头状的造型。各地的特色有异，大多在外表的装饰上，这使我直觉地想到中国的密檐塔了。中国的佛塔有两种主要的形式，一种是楼阁式，大家都说是来自汉代的望楼，由于外表上完全相同，应该是没有争论的，这是今天中国人所熟知的塔。另一种是密檐塔，其来源没有人提及。照一般的看法，密檐塔就是把很多屋檐压缩在一起的样子，应该先有楼阁，后有密檐才对。然而我国现存最早的密檐塔为嵩岳寺塔，建于公元六世纪初的北魏时代。这表示我国的两种塔是同时存在的。我看了那么多印度中世纪庙宇之后，认为我国密檐塔的来源是它们的前身。现在的庙宇，大多建于八世纪之后，当然不可能是模仿的对象。但依据历史发展的原则，在既有形式之前，一定有类似的建筑。在南北朝时期，中国与印度的交往很多。撰写于六世纪的《洛阳伽蓝记》，记载了若干僧人往西土考察的故事，也记载过印度馒头形的佛塔（窣屠婆）。我想中国塔既然可以自

卡纪拉哈庙美妙不凡
的石雕

汉代的望楼取样，这些往印度留学的僧人，看多了印度的方锥形庙，难免混淆，把它当作塔而抄袭过来。这种式样的"张冠李戴"，在形式转换期是很平常的。最漂亮的一座密檐塔，是唐代长安荐福寺的小雁塔。建造的年代在八世纪，已经是玄奘取经之后的事，几乎可以断定受印度教方锥形庙的影响。唐朝的中国人胸襟宽阔，在文化方面吸收很多外来的因素，均加以融化，并不因自卑感而予以排斥。在密檐塔的下部，垂直的三分之一处，与印度庙宇一样，是佛像的雕刻的位置，只是不似印度庙上那样密密麻麻而已。以我推想，在八世纪以前的印度庙上，其雕刻一定也是比较简单的。

说到雕刻，凡是去过印度，看过卡纪拉哈的神庙的人，大都印象深刻，因为庙上的雕饰，不仅是神像，而且有很多当时生活的写照，其中有一部分刻了性交的各种姿势，连现代西方人看了都脸红。中国人喜欢称它们为"性庙"，是很不公道的。因为那些庙都是奉祀印度教的神，是很认真的。我要谈的，不是这些，而是印度人体雕刻的典型姿态。

我年轻时，孤陋寡闻，在国外大博物馆里，看到古代菩萨雕像，有点难于接受。其中最使我不了解的就是菩萨的姿态。因为我当时所知道的菩萨像，多是仙女一般，白衣飘飘，手执净瓶的样子。哪有半裸着身体，做出一副慵懒的、不正派的样子的女人，能称之为菩萨的？其实这种不正派的姿态，就是印度的姿态。我翻翻，发现印度人在佛教未发生的时代，就把女神雕成肉感的形象，站立的姿势，成S形，胸脯取正，臀部扭向一边，一腿直立，一腿

卡纪拉哈庙之石雕
细部

微弯的迷人架势。这种典型，后来为佛教所借用，然后又传到我国来，是十分顺理成章的。直到明代以后，我国民间实在看不惯，才把它改为白袍的样子。自唐末到宋代，出现一种菩萨坐姿，除了上身半裸外，左腿高抬，右腿下垂，身子半倚在座位扶臂上，一副贵妃浴罢的神态，非常动人，但十分不雅，为文明国家的女性所不取，根据我的了解，这种姿态原也来自印度，只是到了中国就贵妃化了。在印

塔姬玛哈陵

度中古的庙宇上，处处可见摆出 S 形姿态的女像。由于庙的下部环周一圈都是女像，而每一女像均呈 S 形或反 S 形，第一眼的印象，予人以众女一起左右扭动的感觉。但是我找了很久，只发现了一个类似菩萨坐姿的例子。大概这种姿势不适于刻在庙壁上做装饰吧。

印度之旅，我对蒙兀尔王廷的建筑有一点感受。蒙兀尔帝王是自中亚一带来到印度，本身是回教徒，又受了波斯文化的影响，所以是很讲究享受的统治者。在建筑上，融合了回教与印度的特色，创造出别树一帜的式样。这一阶段的建筑在世界建筑史上也是有地位的，因为蒙古帝王沙加汗建造了美丽的墓室：塔姬玛哈①，是世上最可爱的

————————

① 编者注：即泰姬陵。

德里红堡内之宫殿

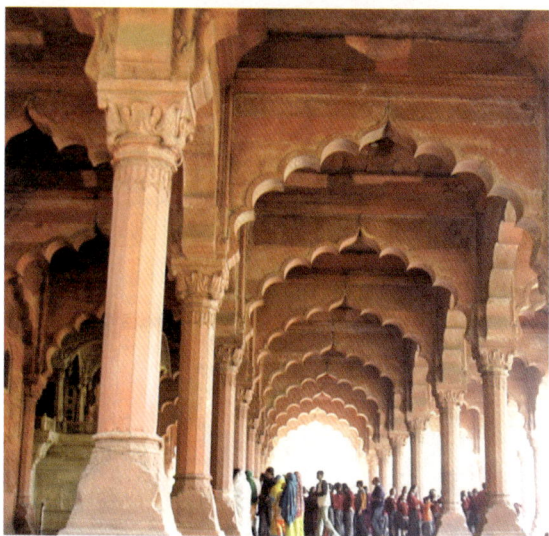

德里皇宫中皇帝接见
臣民朝拜之大厅

一座大理石建筑。塔姬玛哈太有名了，不必细表。且说当时的帝王为自己的起居建造宫殿是免不了的。他们喜欢大理石，更喜欢在大理石面上镶嵌宝石类。但只限于用在最切近帝王生活的地方。城堡及其他建筑，乃使用比较低廉的红色沙石所建，所以德里的皇宫才被称为"红堡"。照目前所见的印度皇宫，似乎帝王们生活在没有门窗的大理石建筑里。这些建筑不论大小，都方方正正，由成排拱廊组成，大家席地而坐，面对着院子。建筑的样子虽与我们中国不同，但与汉代建筑使用的办法是一样的。不但如此。印度皇宫中的主要建筑为庙堂（Audience Hall），与中国古代的制度相当接近。自城门进入有一很广大的院落，院落中是几何形花纹的图案。正中有一座规模庞大的大理石厅堂，没有门窗，装饰得富丽堂皇，那就是皇帝接受民众

琥珀堡之后宫及后苑

德里红堡皇宫之水池
串联室内外

朝拜的场所，称为"公众庙堂"。自此而后，进入较私密的院落，有规模较小，但是建筑更加精致的厅堂，为皇帝与朝臣议事的地方，称为"私密庙堂"。这种做法与我国周代以来，内朝、外朝的制度是相同的。可见有些道理是放诸四海而皆准的。

至于进入皇宫内院，当年帝王妃殡所居的环境，帝王与外界完全隔离，也有类似的厅堂以接受三宫六院的侍奉。今天虽不见当年的盛状，但错综的建筑，曲折的廊道连通，似乎还可使人想象出莺莺燕燕的宫女，穿梭往来的景象。与印度皇宫比较起来，明清以后的中国皇宫，在气派上自然要胜过很多，在生活享受上，却显然要落后。北平的故宫没有敞厅，不但大朝是封闭的，宫内一切建筑也都是同样的模式，所以其可居性不高，难怪清朝的皇帝喜欢建造离宫、别馆，住到宫外去。

印度宫殿中最有趣的是水的利用。当地暑期较长，他们引水入室，想尽办法用水来降低室温，使帝王充分享受

德里后宫水道遍布

琥珀堡后宫大厅壁上有出水口，把冷水从屋顶
引入厅内作为空调之用

琥珀堡壁上水流下至客厅地坪上作为水道及景观

到侍奉。水要流动，水性自高而下，因此到了夏天，要发动民工，把水搬运到高处的水库，内宫的厅堂的屋顶上可以有不断的水流，他们常用的办法是使水自屋顶上流下，沿后壁急速注入室内的水槽，产生激流，后壁面对着夏季风向，水流过壁面时，有风口使之冷却。这样就等于一个原始的冷气机了。这座机器不但有清凉的功能，而且有水声助兴。水流潺潺，又可增加室内空间的动感，在宫厅中，这水流又可与院内的景观联结在一起，饶有趣味。这使我想起中国后代帝王，受儒家思想影响，不敢在享受上大事铺张，利用奇技。但早期亦有记载，说明中国帝

王在这方面的头脑并不输于印度。《三辅黄图》记载汉代宫殿，其中不乏暗示生活享受的描写。对于暑日生活，有"清凉殿"之说，原文是这样的：

清凉殿，夏居之则清凉也。亦曰延清室。董偃常卧延

琥珀堡内的水流经过客厅，然后流入中庭内之水池

阿格拉红堡内宫之精雕大理石浴池

清之室，以画石为床，文如锦，紫琉璃帐，以紫玉为盘，
如屈龙皆用杂宝饰之，侍者于外扇偃。偃曰：玉石岂须扇
而后凉邪？又以玉晶为盘，贮冰于膝前。玉晶与冰同洁，
侍者谓冰无盘，必融湿席，乃拂玉盘坠，冰玉俱碎。玉晶，
千涂国所贡也，武帝以此赐偃。

　　这段文字显然是杂凑的，禁宫之中何容得臣子享受？
但可自文中看出殿内均为玉石、琉璃、水晶等做成，比起
印度嵌加各色宝石的大理石，好像要高级些。更高级的是
中国帝王有冰可用，所以不用水流。从周朝开始，我们就
懂得在冬天把冰藏在地室中，等到夏天使用。并设有专职。
《三辅黄图》中记载未央宫中有凌室，乃藏冰之所。自此

德里宫室内外皆有水池穿过作为调温之用

德里皇宫庭园中也布置了许多水池与水道

阿格巴大帝兴建胜利之都时以水池作为重心

而后，历代帝王都有类似的设备。但这并不表示中国古代宫殿中没有水流，《三辅黄图》的另一版本中说到"未央宫中有石渠阁，萧何所造，其下凿石为渠以导，若今御沟，因为阁名"。文字不太清楚，不知阁在室内，还是在地板下，至少说明古人虽不用水流在夏日降低室温，但即知道享受水流的趣味。

印度宫殿中最动人的水流是在德里红堡的宫廷。红堡是当年印度蒙兀尔王朝的统治中心，其建筑之宏伟与细致均为各宫之冠，可惜部分内宫为军方所用，不曾开放。主要的厅堂造在一个持续的高台上，一条宽同拱券的石砌水渠贯穿了全体，并隔着花格墙流注到内宫中去。这条宽水带像一条河流，成为联结宫中活动的象征。水在蒙兀尔王朝的建筑上确实有象征的意味。有名的塔姬玛哈陵墓的前面有一个长形的水池，能把这座美丽的建筑的倒影反映出来，益增其风姿之绰约，但是当年在建造的时候，这座水池非为美观的目的，而是有象征意义的。在长形水池的中央，也就是院子的正中，有一个高起的台，上面是蓄水库，这水的流动，应该是具有生命的追思的意义。可惜今天这座水池为了观光客的需要，几乎成为静水，以反映圆顶的倒影。不仅在塔姬玛哈，在一切皇宫中，院子正中央的位置常是一个高起的水库，或一个低下去的排水孔。如果纯粹为了蓄水或排水，应该放置在较隐蔽的地方才对。

关于水流的灵性，我想到我国古代宫廷中的"曲水流觞"。"曲水流觞"的观念自六朝以前的乡野活动，转变到隋唐以后的户内活动。看了印度王廷室内的流水之后，不禁觉得古代的帝王，不分中外，对于水流都是相当着迷的。

（本文图片由朱祖明建筑师摄影提供）